秋韻悠長，品味詩詞中的孤寂與蕭瑟

古詩詞‧秋

一二〇首

陳光遠，陳秉志 著

- - - - 詩詞如同秋雨，滲透我們的情感與思緒 - - - -

品味秋天的孤寂與美麗
對離別的悲愴、思念的深情
掃過的秋風，帶來回憶與沉思
欣賞文人筆下的秋意綿長

目錄

長安一片月，萬戶搗衣聲。

秋風吹不盡，總是玉關情。

何日平胡虜，良人罷遠征。

　　　　　—— 唐・李白〈子夜四時歌・秋歌〉

秋風浩蕩明月千古

七月・孟秋

　　自古逢秋悲寂寥，我言秋日勝春朝。

八月・仲秋

　　此生此夜不長好，明月明年何處看。

九月・季秋

　　九月九日望鄉臺，他席他鄉送客杯。

七月

初一

秋詞（其一）

［唐］劉禹錫

自古逢秋悲寂寥①，我言秋日勝春朝②。

晴空一鶴排雲③上，便引詩情④到碧霄⑤。

📖 **注釋**

①悲寂寥：悲嘆蕭條空寂，寂靜冷清。②春朝（ㄓㄠ）：春天的早晨，泛指春天。③排雲：推開雲層。④詩情：作詩的情緒、興致。⑤碧霄：藍天，青天。

📖 **譯文**

自古以來人們悲嘆秋天寂寞淒涼，可我卻說秋日景色遠遠勝過春日。

晴朗的天空中一隻白鶴直衝雲霄，激發我作詩的情緒隨牠飛向藍天。

📖 賞析

　　秋天是草木枯萎、萬物蕭條的時節，在多愁善感的文人筆下，便具有了愁腸九曲的空寂之意。然而，被貶出朝廷的劉禹錫在所作的〈秋詞〉中，卻另闢蹊徑，一反常調，熱情謳歌了秋天的美好。組詩第一首讚秋氣，第二首詠秋色，此為第一首，哲理意蘊和藝術魅力更強，引人思索，耐人吟詠。

　　首句即以議論起筆，斷然否定了前人一貫悲秋的觀念，表現出一種激昂向上的詩情。「自古」是指從《詩經》和《楚辭》等這些文學的源頭上看，「悲」成了秋的一種色調，「寂」成了秋的一種情緒，「寥」成了秋的一種感知。如《詩經・小雅》有：「秋日淒淒，百卉具腓。」《楚辭・九歌》有：「裊裊兮秋風，洞庭波兮木葉下。」次句則充滿豪情道地出詩人對「秋」的理解，「我言秋日勝春朝」表明在詩人心中，秋是最美的季節，遠勝過繁花似錦的春日。這是一種自信，絕非僅僅一時的感性衝動，而是融入了詩人對秋天更高層次的理性思考，表現出詩人心有陽光、能讓歲月變得溫暖而悠長的樂觀心態。

　　後兩句抒發感情，以詩言志。詩人抓住秋天「一鶴排雲」這一別緻的景觀，展現了秋高氣爽、萬里晴空的開闊景象。「鶴」是一種精神的化身、一種信念的寄託，詩人指引人們看那振翅高舉的「鶴」，在秋日晴空中，即使孤獨，也「排雲」直上，矯健凌厲，奮發有為，大展宏圖。正是這隻「鶴」的頑強奮鬥，

衝破了秋天的肅殺氛圍，寄託了詩人心有熱情、永遠向上的生活態度。「便引詩情到碧霄」說明寫詩和創作的情緒需要情景激發，在這樣的「秋日」勝景之前，詩人的詩情也勃發而起，隨同「鶴」一起飛到了萬里晴空。

📖 拓展

劉禹錫 22 歲進士及第，但屢遭貶謫，壯志難酬，不被重用，但仍勵志高歌。這首〈秋詞〉，既有以鮮明的藝術形象引發的浪漫詩情，同時又富有哲理，啟人深思，引人奮起。劉禹錫還有一首為友人＿＿＿＿＿的〈春詞〉創作的和詩：「新妝宜面下朱樓，深鎖春光一院愁。行到中庭數花朵，蜻蜓飛上玉搔頭。」詩意別出心裁，富有韻味。

A. 白居易　B. 韋應物　C. 柳宗元　D. 韓愈

━━━ 初二 ━━━

秋思

[唐] 張籍

洛陽城裡見秋風，欲作家書意萬重①。
復恐②匆匆說不盡，行人③臨發④又開封⑤。

📖 注釋

①意萬重：意指心思之多。②復恐：又恐怕。③行人：指捎信的人。④臨發：出發前。⑤開封：拆開已封好的信。

📖 譯文

洛陽城中又颳起了秋風，想寫家書思緒萬端，要說的話實在太多了。

又怕匆忙中心事說不盡，捎信人即將出發時，又拆開已封好的書信。

📖 賞析

家書是讓人不忘回家方向的媒介。張籍作客他鄉，見秋風而思故里，便託人捎信。王安石曾說：「看似尋常最奇崛，成如容易卻艱辛。」秋日寫封家書看似乎常，但能寫到意味深遠、耐人尋味實則很難。如杜甫〈春望〉中的「烽火連三月，家書抵萬金」和岑參〈逢入京使〉中的「馬上相逢無紙筆，憑君傳語報平安」便是此中佳句。

首句言明時間、地點。以「秋風」起興，見秋風而思故里，乍看起來，寥寥數位、細細吟味，卻有無窮意味。欲寫家書，可是千言萬語又不知從何寫起，此時詩人的思緒感情極為複雜。家書寫給誰？內容寫什麼？全詩未有提及，反而筆鋒一

轉，「復恐匆匆說不盡，行人臨發又開封」。捎信人行色匆匆，寫信人寫信時自然更加匆忙，想說的話總擔心遺漏，這種心情是極其複雜的。

最後一句是傳神之筆，運用以小見大、見微知著的表現手法，從這一細微之處刻劃寫信人唯恐信中有所遺漏的心態和動作，凸顯了對這封「意萬重」家書的重視。這種心情，每一個有客居他鄉體驗的讀者想必都能體會得到。

盛唐絕句，多寓情於景，情景交融，較少敘事。到了中唐，敘事成分逐漸增多，日常生活往往成為絕句的習見題材。張籍這首〈秋思〉寓情於事，藉助日常生活中的一個片段，細膩地表達了詩人對家鄉親人的思念情深意切。

📖 拓展

張籍，即水部張十八員外，唐代中後期詩人。受＿＿＿＿＿舉薦，貞元十五年在長安進士及第。西元 806 年調補太常寺太祝，此後患有嚴重目疾，幾近失明。張籍與白居易相識後，互相切磋詩文並對各自的詩文創作產生了積極的影響。張籍的詩文廣泛深刻地反映了各種社會衝突，同情人民疾苦，如〈塞下曲〉、〈徵婦怨〉，另一類則描繪了農村風俗和生活畫面，如〈採蓮曲〉、〈江南曲〉等。

A. 韓愈　B. 孟郊　C. 王建　D. 杜甫

初三

相見歡·無言獨上西樓

[五代]李煜

無言獨上西樓，月如鉤。寂寞梧桐深院鎖清秋①。

剪不斷，理還亂，是離愁②。別是一般滋味在心頭。

📖 注釋

①鎖清秋：深深被秋色所籠罩。②離愁：此處指亡國之愁。

📖 譯文

默默無語獨自上西樓，只有天邊如鉤的冷月相伴左右。

梧桐寂寞地立在院中，幽深的庭院籠罩在清冷秋色裡。

這些剪也剪不斷、理也理不清的思緒，都是亡國之愁。

而今憂愁纏繞在心頭，卻又是另一番無可名狀的滋味。

📖 賞析

李煜的詞大多沒有粉飾做作，沒有扭捏作態，即景抒情，無意為之，便能將詞人內心所想表達得既顯清晰，又顯朦朧，能引起讀者內心的強烈共鳴，亦生憐憫之心。

這篇雖上闋寫景，下闋抒情，淒涼的氣氛卻融會全篇。如

首句「無言獨上西樓」已攝盡淒婉哀思的神情。「無言」是無盡思緒，無可傾訴，無以言表的心情寫照，「獨上西樓」是登高望月，無人傾訴、心境落寞的行為寫照，「月如鉤」表述寂寞清愁的意象，月圓必缺，映襯著人生的世事無常。

李煜被俘後，趙匡胤將他軟禁在開封城西北角一個種了梧桐的院落。「寂寞梧桐深院鎖清秋」以「清秋」為背景，以「梧桐」為前景，刻劃了一幅既意境朦朧，又浸染哀愁的圖畫。詞人見到「寂寞」的不只是梧桐樹，還有這悽慘的秋色，也被「鎖」於這高牆深院之中，而孤寂的心，思鄉的情，亡國的恨，彷彿都被這高牆深院禁錮起來了。

「剪不斷，理還亂，是離愁。」前人以「絲」諧音「思」，用來比喻思念，李煜用「絲」來比喻「離愁」，新穎而別緻。榮華富貴已經成為歷史，憶往昔盡是「離愁」，表現了詞人內心深處的孤苦寂寞和萬般無奈。

「剪不斷，理還亂」還可形狀，末句「別是一般滋味在心頭」是更深一層的寫法，表達詞人的離愁之狀，無可名狀也無法描述。作為曾經的一國之君，只能將心頭的哀愁、悲傷、痛苦、悔恨強壓在心底，這種無可名狀的哀傷勝過千言萬語的陳述，更勝過痛哭流涕之悲。

📖 拓展

　　李煜書法、繪畫、音律、詩文均有一定造詣，尤以詞的成就最高，有千古傑作〈虞美人〉、〈浪淘沙〉、〈烏夜啼〉等。李煜從繼位到兵敗降宋共＿＿＿＿＿年，在位期間一直寄希望於向宋納貢以保全基業，並多次派遣使者陳說臣服之意。

　　A.10　　B.15　　C.20　　D.25

══ 初四 ══

虞美人・春花秋月何時了

[五代] 李煜

　　春花秋月何時了①，往事知多少？小樓昨夜又東風，故國②不堪回首月明中！

　　雕欄玉砌③應猶在，只是朱顏改④。問君能⑤有幾多愁？恰似一江春水向東流。

📖 注釋

　　①了（ㄌㄧㄠˇ）：了結，完結。②故國：指南唐。③雕欄玉砌（ㄑㄧˋ）：雕飾華美的欄杆與用玉石砌成的臺階，指遠在金陵的南唐宮殿。④朱顏改：紅潤的容顏改變了，指人已憔悴。⑤能：又作「都」、「那」、「還」或「卻」。

📖 譯文

這春有百花秋有月的時光何時完結了，過去的事還記得多少？

昨夜春風又吹進小樓，皓月當空，不堪回憶已為故國的南唐！

精美的欄杆、如玉的臺階應該都還在，只是想念的人已憔悴。

問我心中還有多少哀愁？就好像這不盡的春江之水滾滾東流。

📖 賞析

西元 960 年，趙匡胤發動了陳橋兵變，取代後周，建立了宋朝，而此時的李煜也成為南唐的最後一任君主。此詞當作於西元 978 年，當時，李煜已被幽囚近三年。南唐末代君主身居囚屋，聽過春風，看過秋月，觸景生情，愁緒萬千，夜不能寐。

「春花秋月」多給予人美好的嚮往，而詞人的特殊身分卻勾起往事而傷懷。「春花秋月」表示時間的推移，「了」即了結，完結，「往事知多少？」著重的一問，引出詞人回首往昔，身為國君，過去許許多多的事歷歷在目，如今卻國破家亡，詞人的這種心境是真切而又深刻的。這樣美好的環境卻令人觸景傷感，引發了詞人對過去生活的無盡回憶。「小樓昨夜又東風，故國不

堪回首月明中」的「又」字不但表明此情此景已多次出現，而且也暗示回想起南唐的王朝、李氏的社稷、自己的故國早已被滅亡的現實，詞人忍受著無盡的精神折磨。

詞人遙想，「故國」宮殿的「雕欄玉砌」大概還在，只是那些與他日日縱情聲色的宮女朱顏已改。景物與人事的對比，物是人非，引發詞人心中無盡的惆悵和幽居的哀愁。詞人先用發人深思的設問，「幾多愁」也是太多愁，很多愁，有國愁，有家愁，有鄉愁，有情愁，這是只有當過帝王才能體會的愁。結句「恰似一江春水向東流」是以水喻愁的名句，王國維《人間詞話》謂此句可作後主詞的評語。李煜怎樣形容他的愁緒？怎麼形容愁緒，就如同那流不盡的春水，悠長深遠，無窮無盡，奔騰而去，含蓄地抒發了亡國後頓感生命落空的悲哀。

📖 **拓展** ···

〈虞美人〉是李煜的代表作，也是李後主的絕命詞。李煜出生於西元 937 年農曆七月初七，據記載，他於自己生日（西元 978 年農曆七月初七）夜，命歌伎作樂，唱新作〈虞美人〉詞，聲聞於外。_____聞之大怒，命人賜藥酒將他毒死。

A.宋太祖趙匡胤　B.宋太宗趙光義　C.宋真宗趙恆　D.宋仁宗趙禎

立秋

山居秋暝[①]

［唐］王維

空山[②]新雨後，天氣晚來秋。

明月松間照，清泉石上流。

竹喧[③]歸浣女[④]，蓮動下漁舟。

隨意[⑤]春芳[⑥]歇[⑦]，王孫[⑧]自可留。

📖 注釋

①暝（ㄇㄧㄥˊ）：日落，黃昏。②空山：空曠、空寂的山野。③喧：聲音雜亂。④浣（ㄏㄨㄢˋ）女：洗衣服的女子。⑤隨意：任意，不受拘束。⑥春芳：春天的花草。⑦歇：盡，凋零，枯萎。⑧王孫：原指貴族子弟，此處指詩人自己。

📖 譯文

秋雨過後，山野特別空曠，初秋傍晚，天氣分外涼爽。

月光穿過松林間照耀大地，清澈泉水在石上潺潺流淌。

竹林喧響，浣女笑著歸來，蓮葉搖動，是漁舟在划過。

任憑那些芳香的花草凋零，山中景色總令人流連忘返。

📖 賞析

這是王維著名的一首山水詩，於詩情畫意中寄託詩人的高潔情懷和對理想生活的追求。

前四句描寫秋雨後山村傍晚的景緻，即點出時間、地點、季節和天氣，著意渲染恬靜幽美的意境。首句恰如其分地描寫秋日山中雨後初霽、深遠寧靜之意。「空山」更像世外桃源，有夜靜清幽之意，這樣的「空山」，「新雨後」顯得特別明淨和空闊。「晚來秋」與上句配合，可見現在正是秋天薄暮時分，晚景特別清新、爽朗、舒適。「明月松間照，清泉石上流」的「照」與「流」二字，從靜景中引出動態，「照」出松間朦朧之色，「流」出秋夜清冷之音。「空山」中山泉清冽、流水潺潺，在月光下閃閃發光，在這樣一個清秋時節，令讀者身臨其境，抬頭望月，近聽泉聲，靜坐冥思，感受心靈靜美，享受愜意時光。

後四句寫山中的潔淨、純樸，從寫景到抒情，揭示詩人的人生理想，點出全詩題旨所在。「竹喧歸浣女，蓮動下漁舟」描寫竹林裡傳來了一陣歌聲笑語，那是一些天真無邪的姑娘洗完衣服笑逐顏開地歸來了，嬌翠欲滴的荷葉紛紛向兩旁分開，是漁舟打擾了荷塘月色的寧靜。詩人觀察細緻入微，也反映了詩人對安靜純樸生活的嚮往。在這明月、青松、翠竹、青蓮之中，還生活著一群勤勞質樸的浣女、漁人，所以就情不自禁地說：「隨意春芳歇，王孫自可留」詩中用一個「自」字，達到了心

與境化、物與我化的境界，引起多數人的心靈共鳴。王維筆下的秋景如此之美，妙趣無窮，山中的人都不想出山了。

📖 拓展

此詩寫於王維隱居藍田輞川山莊時。這個山莊原是初唐著名詩人_____的山莊，天寶年間，王維購置手中，稱為「輞川別業」，即輞川別墅。這裡山水絕勝，王維晚年隱居於此，常彈琴賦詩，過著半官半隱的生活。

A. 駱賓王　B. 王勃　C. 盧照鄰　D. 宋之問

═══ 初六 ═══

秋夕

[唐] 杜牧

銀燭①秋光冷畫屏②，輕羅③小扇撲流螢④。
天階⑤夜色涼如水，坐看⑥牽牛織女星。

📖 注釋

①銀燭：銀色而精美的蠟燭。②畫屏：有畫飾的屏風。③輕羅：一種質地較薄的絲織品。④流螢：飛動的螢火蟲。⑤天階：宮殿的臺階，借指朝廷。一作「天街」。⑥坐看：一作「臥看」。

📖 譯文

白色的燭光映照冷清的畫屏，手執綾羅小扇撲捉螢火蟲。

夜色下宮殿的臺階涼如冷水，在臥榻上仰望牛郎織女星。

📖 賞析

詩中描寫一名孤單寂寞的宮女，在七月七日夜，於百無聊賴之際，以追撲流螢來排遣孤寂的心情，表達失意宮女孤獨的生活和淒涼的心境。

首句寫秋景，用一個「冷」字，暗示秋寒氣氛，襯托出女主角內心的孤淒。「銀燭」和「畫屏」本是精美之物，但白色的蠟燭發出微弱的清光，為屏風上的圖畫增添了幾分黯淡而幽冷的色調。次句寫一個孤單的宮女正用小扇撲捉飛來飛去的螢火蟲，打發時光，排遣愁緒。「輕羅小扇」顯得十分含蓄，暗示女主角在宮中衣著華麗，衣食無憂，以待臨幸。「撲流螢」則顯出她的百無聊賴，夜裡孤獨與寂寞。「流螢」往往會存在於那些荒涼僻靜的地方。這一句中女主角手中拿的「輕羅小扇」具有象徵意義，扇子本是夏天用來搧風取涼的，秋天就沒用了，所以古詩裡常以秋扇比喻棄婦。

後兩句暗示夜已深沉，寒意襲人，該進屋去睡了，可她還是不願就寢。第三句以「天階」「涼如水」，暗喻君情冰冷。「天階」是用宮殿的臺階借指宮中，與首句「冷畫屏」的色彩不同，

「涼如水」是一種溫度，透露出清冷幽怨之感。最後一句扣題，此時正值七月初七，仰視天河兩旁的牽牛星和織女星，想起民間傳說中，織女和牛郎每年七夕渡河相會一次，正是因為牽牛織女的故事觸動了她的心，使她想起自己不幸的身世和生活的孤寂，只能藉羨慕牽牛織女，抒發自己心中悲苦。

📖 拓展

　　杜牧曾對江西觀察使沈傳師家中的一個歌女很有好感，可惜主人已將她納為妾。多年後，在洛陽又遇到了這個淪落他鄉、以賣酒為生的歌女，追憶她六年前初吐清韻、名聲震座的美好一幕。杜牧寫下了著名的_____，不僅文筆清秀，而且書法更為飄逸。今人所能見到的唐朝真跡少之又少，這幅詩卷異常珍貴，上有宋徽宗、乾隆等多位名人的鑑定印章，收藏於故宮博物院。

　　A.〈張好好詩〉　　B.〈杜秋娘詩〉　　C.〈李甘詩〉　　D.〈感懷詩〉

七夕

乞巧

[唐] 林傑

七夕今宵看碧霄①，牽牛織女渡河橋。
家家乞巧②望秋月，穿盡紅絲③幾萬條。

📖 注釋

①碧霄：青天，藍天。②乞巧：傳統節日，在農曆七月初七日，又名「七夕」。③紅絲：紅色的絲線。

📖 譯文

七夕夜裡仰望浩瀚的天空，看牛郎織女渡過鵲橋相會。

家家都在對秋月穿針引線，穿過去的紅線有無數條了。

📖 賞析

《乞巧》描寫民間七夕節乞巧盛況。農曆七月七日夜或七月六日夜，穿著新衣的少女們在庭院向織女乞求智巧，稱為「乞巧」。據說，七姐是天上的織布能手，姑娘們乞求她傳授心靈手巧的手藝。其實，所謂「乞巧」不過是「鬥巧」，乞巧的方式大多是姑娘們穿針引線驗巧，各地民間的乞巧方式不盡相同，各有趣味。

前兩句敘述牛郎織女的民間故事。一年一度的七夕又到了，人們紛紛情不自禁地抬頭仰望浩瀚的天空，一條銀河橫貫南北，河的兩岸各有一顆閃亮的星星，隔河相望，遙遙相對，那就是牽牛星和織女星，因為一個美麗的傳說，牽動了一顆顆善良美好的心靈，喚起人們美好的願望和豐富的想像。世上的人在「看」，牛郎織女在「渡」，展現出在唐朝「牛郎織女七夕

「會」的傳說深為人們喜愛並且廣為流傳。

後兩句簡明扼要，有動有靜。「望」月是靜，「穿」絲是動，傳說織女下凡時把從天上帶來的天蠶分給大家，並教大家養蠶、抽絲，織出又光又亮的綢緞，讓女孩們有了靈巧的技能。因此，每個姑娘都企盼著擁有一雙巧手，嫁給一個如意郎君，表達了女孩們最真摯、最樸實的想法。無論是皇宮內院還是農夫田舍都會乞巧，唐太宗與妃子每逢七夕在宮中夜宴，讓宮女們一同乞巧，這一習俗在民間也經久不衰，代代延續。

詩人林傑自幼聰慧過人，六歲賦詩，下筆成章，又精書法棋藝，但無奈去世時才十六歲。《全唐詩》中僅存其詩兩首，其中〈乞巧〉是描寫民間七夕乞巧盛況最著名的詩。

📖 **拓展** ···

起初的乞巧節並不是紀念牛郎織女的愛情故事，而是紀念織女這個仙女的，民間稱「七姐」。因而七夕節是女子的節日，起源於中國_____，唐宋習俗最盛。在唐宋詩詞中，女性乞巧被屢屢提及，如唐朝詩人王建有詩說「闌珊星斗綴珠光，七夕宮娥乞巧忙」。

A. 春秋時期　B. 戰國時期　C. 秦漢時期　D. 兩晉時期

初八

七夕

[唐] 李商隱

鸞扇[1]斜分鳳幄[2]開，星橋[3]橫過鵲飛回。

爭將[4]世上無期別[5]，換得年年一度[6]來。

📖 注釋

①鸞（ㄌㄨㄢˊ）扇：羽扇的美稱，上面繡有鳳凰圖案。②鳳幄（ㄨㄛˋ）：繪有鳳凰圖飾的帳幔。③星橋：鵲橋，傳說七夕這日天下的喜鵲都飛往天河，為牛郎和織女相會搭橋。④爭將：怎樣能將。⑤無期別：比喻後會難期的別離。⑥年年一度：每年一次，一年一次。

📖 譯文

只見鸞扇斜分、鳳幄拉開，天上喜鵲為牛郎織女搭橋飛去飛回。

怎樣能將世上的生離死別、無盡思念，換得每年一次的相逢呢。

📖 賞析

每年農曆七月七日，牛郎、織女鵲橋相會，這個傳說中優

美的愛情故事，令歷代詩人吟詠不已。此時，詩人的愛妻已經過世五年了，一個人間，一個地下，只能夢中相會。全詩想像豐富、感情真摯，透過詩人仰望天空，遙想牛郎織女相聚的情景，再聯想到自己愛妻早亡而渴望每年能與亡妻相會一次，表達追悼亡妻的悲痛心情。

前兩句是詩人遙想牛郎織女七夕相會的情景。在眾多喜鵲的簇擁下，織女來到銀河之畔，只見「鸞扇」斜分，「鳳幄」拉開，織女款款渡過喜鵲搭成的星橋，去和牛郎相會，喜鵲們飛去又飛回。這一切都在詩人的想像中，雖然相會短暫，卻是這般美好，可見羨慕之情。

後兩句展現詩人的感情孤寂。因為聯想到愛妻早亡，唯有自己獨留人間，再也無法與她相會，但又是那樣渴望與妻子相會一次。「爭將」一詞寫出與亡妻天人阻隔、陰陽兩地的哀嘆，顯現人間生離死別反不如天上一年一度的相會，表達出悼亡之情。末句令人傷心感慨，「世上」不比天上，天上再遠的離別每年也能相聚一次，人間陰陽兩隔就是永別，想求如天上一年一度相逢是不可能得到的。這種刻骨的沉痛與蘇軾的「十年生死兩茫茫，不思量，自難忘。千里孤墳，無處話淒涼」一樣，都展現出一種無盡的思念。李商隱曾先後作〈七夕〉、〈壬申七夕〉、〈辛未七夕〉、〈七夕偶題〉等，來表達他心中的無限淒涼和辛酸。

📖 拓展

　　〈七夕〉詩中「鸞扇」與「鳳幄」都是繪有鳳凰圖案的物品，表示極其精美。「鳳」和「凰」原指兩種五彩鳥，雄的叫「鳳」，雌的叫「凰」。_____記載：「有五采鳥三名，一日皇鳥，一日鸞鳥，一日鳳鳥。」後世人通常將鳳和凰解釋為雌雄不同的同一種鳥。

　　A.《淮南子》　　B.《山海經・大荒西經》　　C.《神仙列傳》

　　D.《易經》

═══ 初九 ═══

鵲橋仙・纖雲弄巧

〔北宋〕秦觀

　　纖雲弄巧①，飛星傳恨②，銀漢迢迢③暗度④。金風⑤玉露⑥一相逢，便勝卻人間無數。

　　柔情似水，佳期⑦如夢，忍顧⑧鵲橋歸路。兩情若是久長時，又豈在朝朝暮暮。

📖 注釋

　　①纖雲弄巧：指輕盈的雲彩在空中不斷變化。②飛星傳恨：流星傳遞分別的愁苦。③銀漢迢迢：銀河遙遠的樣子。④暗度：

悄悄渡過。⑤金風：秋在五行中屬金，故指秋風。⑥玉露：晶瑩如玉的露珠。⑦佳期：此處指重聚相守的美好時光。⑧忍顧：不忍顧，以語促而省，不忍回頭看。

📖 譯文

　　輕盈的雲彩不斷變化，飛馳的流星傳遞離怨，牛郎織女夜裡渡過遼闊的天河。在秋風白露的七夕相會，卻勝過人間無數次尋常的相逢。

　　溫柔的情感纏綿如水，美好的時光甜蜜如夢，怎麼忍心回望由鵲橋回去的路。兩個人的感情若是堅貞不渝，又何必要日夜廝守在一起。

📖 賞析

　　這首詞意境新穎，設想奇巧，獨闢蹊徑，將抒情、寫景、議論融為一體，斷然否定了朝朝暮暮的庸俗生活，歌頌了天長地久的忠貞愛情。

　　上闋寫佳期相會的盛況。「纖雲弄巧」表現輕盈多姿的雲彩，「飛星傳恨」表現夜空飛馳的流星，都在為牛郎和織女這一年一度的相會做準備，似乎為這對愛侶的團聚而高興。「迢迢」銀河，把兩個相愛的人隔開，在這「金風玉露」的時間才能相見，多麼不容易！「金風玉露」出自李商隱〈辛未七夕〉中「由來碧落銀河畔，可要金風玉露時。」牛郎和織女不遠萬里，傾訴衷

腸，互吐心意，是那樣富有詩情畫意。但詞人卻說「金風玉露一相逢，便勝卻人間無數。」牛郎織女七夕相會，勝過塵世間那些長相廝守卻貌合神離的夫妻。道出這首詞看似是寫天上，實際處處在寫人間。

下闋寫依依惜別之情。詞人筆下的愛情是冰清玉潔、高尚純潔和超凡脫俗的。「柔情似水」形容堅貞不渝的感情纏綿猶如悠悠流水，「佳期如夢」既點出了歡聚的短暫，又寫出了久別重逢的心情。亦真亦假，似夢似幻，以至於戀戀不捨，誰也不忍心回頭看「鵲橋歸路」。結尾兩句揭示了愛情的真諦，只要兩人相親相愛、心心相印、息息相通、至死不渝，又何必貪求卿卿我我的日夜廝守？這在當時的世俗社會中，無異於振聾發聵之筆。

「兩情若是久長時，又豈在朝朝暮暮」表達牛郎織女雖一年一度才能相會，卻能地久天長，人間雖暮暮朝朝，卻百年頃刻，這裡補足上闋結句天上勝人間之意。這種高尚的精神境界遠遠超過了古代同類作品，是難能可貴的，也使全詞昇華到新的思想高度，成為愛情頌歌中的千古絕唱。

📖 拓展

天上牽牛、織女之星各處銀河一旁，七月七日乃得以相會。自《古詩十九首》中「迢迢牽牛星，皎皎河漢女」描寫以來，有大量文學作品描寫牛郎與織女相會的故事，〈鵲橋仙〉更是以此為題材的作品，該詞牌名以＿＿＿＿所作〈鵲橋仙〉為正體代表。

A. 范仲淹　B. 蘇軾　C. 歐陽修　D. 秦觀

初十

蟬

[唐] 虞世南

垂緌①飲清露，流響②出疏桐③。

居高聲自遠，非是藉④秋風。

注釋

①緌（ㄖㄨㄟˊ）：冠纓。此處指蟬的下巴上與帽帶相似的細嘴。②流響：連續不斷的蟬鳴。③疏桐：高大的梧桐。④藉（ㄐㄧㄝˋ）：同「借」，憑藉，依賴。

譯文

牠生性高潔，飲用潔淨露水，在高大的梧桐樹上發音響亮。牠身居高枝，不用藉助秋風，鳴叫聲音依然能夠傳向遠方。

賞析

這是一首詠物詩。因當時虞世南擔任弘文館學士，成為重臣，一日，李世民邀請弘文館學士們一同欣賞「海池」景色，談詩論畫，李世民詢問大家是否有新的詩文作品，虞世南便誦讀

出該詩。詩人以蟬居高飲露象徵高潔，以比興的手法，表達自己的情操。

從前兩句可以看出，因為受唐太宗知遇之恩而作，所以詩中蟬的形體、習性和聲音都有一種清高尊貴的感覺。首句中「緌」是古人結在頷下的帽帶下垂部分，蟬的頭部有伸出的觸鬚，形狀好像下垂的冠緌，故說「垂緌」。古人認為蟬生性高潔，「棲高飲露」，故說「飲清露」。第二句用一「疏」字，更見梧桐枝幹的高大挺拔，用一「出」字，把蟬聲傳送的意態具體化了，使人感受到蟬聲的響亮。前兩句寫出了蟬居住在挺拔疏朗的梧桐上，與那些在腐草爛泥中打滾的蟲類自然不同，因此，牠的身分高貴，且聲音流麗響亮。

後兩句是全詩的點睛之筆。蟬聲遠播，一般人往往認為是藉助於秋風的傳送，詩人卻強調這是出於「居高」而自能致遠。第一層含義是一個人的本領大小要靠自己的努力；第二層含義是生性高潔的人有從容不迫的風度和氣韻，才會有聲名遠播、名垂青史的可能。

全詩描摹狀物、託物言志之功夫可見一斑。唐太宗曾稱虞世南有德行、忠直、博學、文辭、書翰「五絕」，並讚嘆：「群臣皆如虞世南，天下何憂不理！」事實上，虞世南與唐太宗談論歷代帝王為政得失，能夠直言善諫，為貞觀之治做出獨特貢獻。

📖 拓展

虞世南是唐代書法家、文學家、詩人、政治家。青年時期拜王羲之的七世孫智永和尚為師，深得王羲之書法真傳，由此名聲大震。因博學多才、高潔耿介、剛烈敢諫，歷仕陳、隋、唐三代，列唐太宗凌煙閣二十四功臣之二十名。本詩與_____的詠蟬詩、李商隱的詠蟬詩成為唐代文壇「詠蟬」詩三絕。

A. 王勃　B. 楊炯　C. 盧照鄰　D. 駱賓王

═══ 十一 ═══

秋浦①歌（其十四）

[唐] 李白

爐火照天地，紅星亂紫煙。
赧②郎明月夜，歌曲動寒川。

📖 注釋

①秋浦：唐時縣名，在今安徽省池州市貴池區。②赧（ㄋㄢˇ）：因害羞而臉紅，此處指爐火把人的臉映紅。

📖 **譯文** ....

爐火在天地之間熊熊燃燒，火星在紫煙之中熠熠閃爍。

明月下爐火映紅男人臉龐，歌聲迴盪在寒冷的山谷中。

📖 **賞析** ....

此詩是李白創作的組詩〈秋浦歌十七首〉中的第十四首。此詩中「爐火」在舊注中有解釋為「煉丹之火」，有解釋為「漁人之火」，可能這些說法都不妥當。清人王琦認為是冶鑄之火，因為據《新唐書‧地理志》有記載：「秋浦多礦，尤產銀產銅。」這個說法應該比較可信。故而，全詩展示了一幅瑰麗壯觀的秋夜冶煉圖。飽含激情地頌讚冶煉工人，唱出了一曲勞動者的頌歌，因其在浩瀚如煙的古典詩歌中比較少見而更顯珍貴。

詩中開篇就呈現出一幅色調明亮、氣氛熱烈的冶煉場景。爐火熊熊燃燒，紅星四濺，紫煙蒸騰，廣袤的天地被紅彤彤的爐火照得通明。詩人用了「照」和「亂」兩個字使冶煉的場面熠熠生輝，整個畫面中火、光、紅、紫交相輝映，烘托、映襯場面。

後兩句轉入對冶煉工人形象的描繪。「赧」的本意是因為羞愧而臉紅，李白發揮他的創意，而生成了一個全新的「赧郎」詞彙，聯想到他們健美強壯的體魄和勤勞樸實的性格，用來表達他對眼前辛勤工作的勞苦大眾的由衷欽佩之情。冶煉工人一邊

工作，一邊歌唱，聲音嘹亮，迴響在天地之間，迴盪在山谷之中，字裡行間飽含著詩人讚美歌頌之情。

　　唐朝的軍事力量在盛唐時期達到了頂峰，大唐的精銳軍隊可以四面出擊，盛唐的豪邁氣概和尚武精神鍛造了一支幾乎戰無不勝的軍隊，這與唐朝精湛的冶煉技術是密不可分的。

📖 拓展

　　秋浦是唐代時期縣名，因境內有「秋浦水」而得名，是唐代銀礦和銅礦產地之一。李白一生酷愛名山大川，曾先後多次遊歷到秋浦，足跡踏遍九華山和秋浦河、清溪河兩岸，此「爐火照天地，紅星亂紫煙」是李白第＿＿＿＿＿次遊歷秋浦時所作，隨後去往涇縣，留下〈贈汪倫〉等詩。

　　A. 一　B. 二　C. 三　D. 四

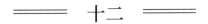

＝＝＝ 十二 ＝＝＝

秋浦歌（其十五）

[唐] 李白

白髮三千丈，緣①愁似個長②。
不知明鏡裡，何處得秋霜③？

📖 注釋

①緣：因為。②個長（ㄔㄤˊ）：如此長，這麼長。③秋霜：形容頭髮白如秋霜。

📖 譯文

白髮瘋長，是因什麼憂愁才長得這樣長。

攬鏡自照，不知何處的秋霜落在我頭上？

📖 賞析

〈秋浦歌〉組詩，共十七首，此為第十五首詩，膾炙人口，是組詩中流傳最廣的一首。詩中寫詩人對鏡悲白髮的情景，運用誇張、比喻的手法，寫得生動傳神。抒發李白強烈的苦悶與愁思，表達詩人懷才不遇、人已衰老、壯志未酬之境遇，讀之倍覺痛苦。

前兩句「白髮三千丈，緣愁似個長。」誇張奇特，想像大膽，令人叫絕。與其他十幾首〈秋浦歌〉類似，首句即是中心，如第一首的「秋浦長似秋」，第二首的「秋浦猿夜愁」，第三首的「秋浦錦駝鳥」等。「白髮三千丈」直接表達出詩人的愁緒繁多，滿頭白髮有「三千丈」之長，這「三千丈」的白髮很自然地被理解為藝術的誇張。「緣」是因為的意思，「個長」是這麼長、這般長的意思。「白髮」因「愁」而生，因「愁」而「長」，這三千丈的

白髮，緣於我的愁絲就有如此之長，是詩人內心愁緒的象徵。

後兩句表明前兩句是詩人攬鏡自照，故而照鏡自傷。「何處得秋霜」是透過自問不答的形式，進一步加強對「愁」字的刻劃，「秋霜」代指白髮，具有憂傷憔悴的感情色彩，抒寫詩人愁腸百結難以自解的苦衷。

寫這首詩時，李白已經五十多歲了，十年前在洛陽遇到了杜甫，在梁宋遇到了高適，三人各有大志，理想相同，暢遊甚歡，評文論詩，縱談天下大勢。如今十年已過，目睹安祿山勢力大增，奸臣把持朝政，藩鎮割據，內外交錯，詩人壯志未酬，人已衰老，不能不倍加痛苦。所以攬鏡自照，怵目驚心，才發出「白髮三千丈」的苦吟，落筆驚人，又合情合理，恰如其分，流傳千古。

📖 拓展

「愁」本義指憂慮悲傷，又指感傷的情緒。由憂慮、憂愁引申為怨恨、憤恨。不少文人墨客都將心中的愁寫得淒美動人，如李白的「暝色入高樓，有人樓上愁」；_____的「總把春山掃眉黛，不知供得幾多愁」；李煜的「問君能有幾多愁？恰似一江春水向東流」；辛棄疾的「而今識盡愁滋味，欲說還休」；陸游的「已是黃昏獨自愁，更著風和雨」等。

A. 李白　B. 白居易　C. 李商隱　D. 杜甫

十三

關山月

[唐] 李白

明月出天山①，蒼茫雲海間。

長風幾萬里，吹度玉門關②。

漢下③白登④道，胡窺⑤青海灣⑥。

由來征戰地，不見有人還。

戍客⑦望邊邑⑧，思歸多苦顏。

高樓⑨當此夜，嘆息未應閒。

📖 **注釋**

①天山：一為祁連山；二為虛指。②玉門關：故址在今甘肅敦煌西北，古代通向西域的交通要道。③下：奪得、攻取。④白登：今山西大同東有白登山，匈奴曾圍困劉邦於此。⑤胡窺：指吐蕃有所企圖，窺伺侵擾。⑥青海灣：今青海省青海湖。⑦戍客：駐守邊疆的戰士。⑧邊邑：邊城，泛指邊境地區。一作「邊色」。⑨高樓：此處指戍邊兵士的妻子。

📖 **譯文**

一輪明月從天山升起，穿行在蒼茫雲海之間。

長風浩蕩掠過幾萬里，吹過西北邊疆玉門關。

漢兵將曾攻下白登山，吐蕃覷覦大片青海灣。

這都是歷代征戰之地，出征將士生還者少見。

兵士們遙望邊城景象，思歸心切而面露苦顏。

妻子高樓上望月懷夫，嘆息聲大概也沒停歇。

📖 賞析

開頭四句緊扣詩題，將「關」、「山」和「月」三個相互獨立的物像自然地結合在一起，奠定了全詩邊塞苦寒的蒼涼基調。「蒼茫」與「長風」展現出氣勢磅礴、雄偉壯闊的景象，「玉門關」與雄渾磅礴的天山組合在一起，顯得景象新鮮而壯觀，意境更加高遠，把讀者引到了更廣闊的天際之間。

中間四句在前四句廣闊的邊塞風景基礎上，抒發出「由來征戰地，不見有人還」的主旨。「漢下白登道」指漢高祖七年（西元前 200 年）漢高祖劉邦被匈奴圍困於白登山（今山西省大同市東北馬鋪山）的事件。「胡窺青海灣」指儀鳳三年（西元 678 年）唐軍與吐蕃在青海（今青海湖）發生的一場戰役。詩人認為這種歷代無休止的戰爭，使得從來出征的戰士幾乎見不到有戍卒能活著回到故鄉的。

最後四句以戰士們望著邊地的景象，想像家中妻子望月時的嘆息聲，揭示了戰爭所造成的巨大犧牲以及為無數征人及其家屬所帶來的痛苦。「望邊邑」三字跟「戍客」緊緊連繫起來，很

容易激起人們對戍卒遭遇的同情，而戍邊兵士妻子在蒼茫夜色中的嘆息聲與首句又形成首尾呼應。

📖 **拓展** ···

　　西元前 201 年，韓王信在大同地區造反叛亂，並勾結匈奴企圖攻打太原。漢高祖劉邦親自率軍迎擊匈奴，被圍困於白登山達 7 天 7 夜。隨後＿＿＿＿又起兵叛亂，劉邦抱病親征才得以平定。勝利回師途中路過故鄉沛縣，即興創作〈大風歌〉：「大風起兮雲飛揚，威加海內兮歸故鄉，安得猛士兮守四方！」

　　A. 淮陰侯韓信　B. 淮南王英布　C. 代王陳豨　D. 燕王臧荼

十四

古朗月行（節選）

[唐]李白

　　小時不識月，呼作白玉盤①。
　　又疑瑤臺②鏡，飛在青雲端。
　　仙人③垂兩足，桂樹何團團④。
　　白兔搗藥成，問言與誰餐？

📖 注釋

①白玉盤：白玉做的盤子。②瑤臺：指傳說中神仙居住的地方。出自晉人王嘉《拾遺記‧崑崙山》。③仙人：傳說中駕月的車伕叫望舒。④團團：圓圓的樣子。

📖 譯文

小的時候不認識月亮，我將它稱作白玉盤。

又懷疑是仙人的寶鏡，飛到高高的青雲之上。

月中仙人垂掛兩隻腳，桂樹為何長得圓圓的。

白兔搗成的不老仙藥，請問是搗給誰吃的呢？

📖 賞析

此詩的創作背景是在安史之亂前夕，李白藉月引興，影射現實。安祿山之亂源於宮闈，故詩中後八句有「蟾蜍蝕圓影」以喻宮闈之蠱惑，「羿昔落九烏」以見太陽之傾危。小學教材節選前八句，僅寫詩人兒時對月亮的認識。

開篇四句，以「白玉盤」與「瑤臺鏡」作比，生動、形象地展現了明月在幼年李白心中的影像，「白玉盤」表現出明月的質地和形狀，又喚起人們心中美的感受。「瑤臺鏡」令讀者感知明月照人的特質，兼有神話傳說中令人回味至今的故事。一「呼」一「疑」，兒童好奇而又迷惑不解的天真爛漫之態呼之欲出。

「飛」則是從對月亮的直觀感受上描寫，在月朗靜謐的夜空中化靜為動。這四句看似信手寫來，卻是情采俱佳。

接下來的四句運用神話傳說描繪月亮初升時逐漸明朗和宛若仙境般的景緻。「仙人」指中國神話傳說中為月駕車之神，「桂樹」指神話傳說中月亮上有一棵桂花樹，高五百丈，枝繁葉茂。「白兔」指傳說月亮之中有一隻兔子，渾身潔白如玉，拿著玉杵，跪地搗藥，服用此藥丸可以長生成仙。詩人用小時候聽到的古代神話說月中有「仙人」、「桂樹」和「白兔」，展現月宮的迷人和美好。當月亮初升的時候，先看見仙人的兩隻腳，而後逐漸看見仙人和桂樹的全貌，再看見月中白兔搗藥。借用神話傳說，進一步渲染月亮瑰麗神奇的色彩。「問言與誰餐？」凸顯讚美、關切、憐愛之情，充分展現出月宮中仙境般美好境界，激起人們對朗月的憧憬和喜愛。同時，也為後八句以「蟾蜍」比作安祿山、楊國忠之類的權奸留下隱語，影射現實。

📖 拓展

〈古朗月行〉不是一般的詠月之作，而是寄寓著對政治局勢的擔憂，是一首憂國憂民之作。詩的前半部分喻_____，這個時期在詩人心目中就如朗月在兒童心目中一樣。

A. 武周時期　B. 貞觀時期　C. 天寶時期　D. 開元時期

十五

與夏十二①登岳陽樓

〔唐〕李白

樓觀嶽陽②盡，川迥③洞庭開④。

雁引愁心去，山銜⑤好月來。

雲間連下榻⑥，天上接行杯⑦。

醉後涼風起，吹人舞袖回⑧。

📖 注釋

①夏十二：李白的朋友。②嶽陽：今湖南省嶽陽市。③迥：遠。④洞庭開：指洞庭湖水寬闊無邊。⑤銜：用嘴含。⑥連下榻：為賓客設榻留住。⑦行杯：指傳杯飲酒。⑧回：迴盪，擺動。

📖 譯文

在岳陽樓上將風光盡收眼底，洞庭湖面開闊江水奔向遠方。

南飛大雁帶走我的憂愁之心，遠處山峰銜來一輪美好圓月。

在高入雲間的樓上設下榻席，就如同在天上雲間傳杯飲酒。

酣飲醉酒之後涼風習習吹起，吹得我這寬大衣袖隨之舞動。

📖 賞析

　　首聯描寫岳陽樓四周的宏麗景色。「盡」和「開」字從俯視縱觀岳陽樓周圍景物的邈遠和開闊落筆，讓讀者感知到登上岳陽樓，能將嶽陽一帶的自然景色一覽無遺。岳陽樓之美是人文景觀與自然景觀的和諧美，洞庭湖南極瀟湘，更是氣勢恢宏，意境開闊。

　　頷聯以鴻雁南飛，月升東山，觸發詩人的情懷。此詩作於西元 759 年秋，李白遇赦時，其心情欣喜、愉悅。詩中用「引」和「銜」二字，以擬人的手法形象生動地寫出了「雁」和「山」懂得人的心意，把「愁心」帶走，把「好月」送來的情境，寫得精彩傳神，是全詩詩眼所在。「雁引愁心去」也有作「雁別秋江去」，但「別」字與「引」字相比，缺乏感情色彩。

　　頸聯用襯托手法寫樓高，似有幾分醉意，恍如置於仙境一般。在「好月」的照耀下，詩人在高聳入雲的樓上，與天上神仙舉杯痛飲，令人愜意。「連」與「接」二字是誇張之筆，用於此處同樣是為了突出表達暢快的心情。

　　尾聯寫酣飲之樂，繼續表達李白流放遇赦的高興心情。李白浪漫主義的詩歌風格能從中明顯反映出來。詩人醉後翩翩起舞，習習涼風吹拂著寬大的衣袖，仙氣十足，浪漫得無以復加。全詩新穎、飄逸、超脫、豁達的意境油然而生。

📖 拓展

「洞庭天下水，嶽陽天下樓」是湘楚文化的典型代表，岳陽樓不僅是儒家文化的殿堂，還飄逸著玄學文化的仙氣。岳陽樓始建於東漢建安二十年（西元 215 年），因北宋滕宗諒重修岳陽樓，＿＿＿＿＿邀好友作〈岳陽樓記〉，使得岳陽樓著稱於世。

A. 歐陽修　B. 王安石　C. 范仲淹　D. 司馬光

═══ 十六 ═══

一剪梅・紅藕香殘玉簟秋

［宋］李清照

紅藕①香殘玉簟②秋，輕解羅裳③，獨上蘭舟④。雲中誰寄錦書⑤來？雁字⑥回時，月滿西樓。

花自飄零水自流，一種相思，兩處閒愁。此情無計可消除，才下眉頭，卻上心頭。

📖 注釋

①紅藕：紅蓮的別稱。②玉簟（ㄉㄧㄢˋ）：竹蓆的美稱。③羅裳（ㄔㄤˊ）：羅裙的美稱。④蘭舟：船隻的美稱。⑤錦書：華美的文書，書信的美稱。⑥雁字：雁群飛行天空時，排列的字形。

📖 譯文

紅蓮已經凋謝，竹蓆帶著秋涼，輕解開羅裙換裝，獨自登上小船。當雲中雁群飛回來時，誰託牠寄來書信？我在明月照滿的樓上盼望。

花自顧地飄落，水自顧地流淌，彼此都在思念對方，只能各在一方獨自愁悶。這相思之情沒有辦法排除，萬千愁緒總是掛在眉尖心上。

📖 賞析

本詞作於李清照與丈夫離別之後，詞人以女性特有的敏感捕捉稍縱即逝的真切感受。全篇格調清新、情感真摯，富有詩情畫意，給予人美的享受。

詞的上闋描述詞人的獨居生活，順序是詞人從白晝到黑夜一天內所做之事、所觸之景、所生之情。首句統領全篇，點明時節。此時荷花已經全部凋謝了，秋意漸濃，池塘裡一派蕭條氣象，勾勒出獨守空閨的詞人孤獨寂寞的心情和思念丈夫的心理狀態。為排遣心中的愁緒而「輕解羅裳，獨上蘭舟」一個「獨」字凸顯煢煢孑立的形象。本是為消愁而來，怎奈見到天邊掠過的大雁，幻想著會不會有一隻帶來她丈夫寫的書信。不知不覺時，已經「月滿西樓」，時間推移，也表明詞人思夫之情深意濃。

　　詞的下闋觸景生情，直抒胸臆。過片「花自飄零水自流」一句，承上「紅藕香殘」和「蘭舟」而來，它既是即景，又兼比興。詞人把自己比作「花」，把丈夫比作「水」，為不能和丈夫相依相隨而傷懷。「一種相思，兩處閒愁」寫自己相思之苦的同時，由己及人，站在對方的角度著想，深知這種相思是雙方面的，足見兩人心心相印。結尾三句，是歷來為人所稱道的名句，是化用范仲淹〈御街行〉中「都來此事，眉間心上，無計相迴避」而來。此情斬不斷，理還亂，眉間心上總是掛著萬千愁緒，「才下眉頭，卻上心頭」中的「才」和「卻」兩字真切且具體地表現了詞人心裡揮之不去、無計可除的相思之情，並與上句「一種相思，兩處閒愁」對仗工整，手法巧妙，前後相襯，相得益彰。

📖 拓展

　　詞是文學，也是音樂，作為婉約詞派代表，李清照反對以詩文之法作詞，提出詞「＿＿＿＿＿」之說，善用白描手法，獨闢蹊徑，語言清麗。〈一剪梅〉是李清照前期的作品，也是其代表作之一，展示出婉約之美，格調清新，意境幽美。

　　A. 自是一家　　B. 別是一家　　C. 以詩為詞　　D. 以詞為詩

═══ 十七 ═══

琵琶行（節選）

[唐]白居易

潯陽江①頭夜送客，楓葉荻花②秋瑟瑟③。

主人④下馬客在船，舉酒欲飲無管弦⑤。

醉不成歡慘⑥將別，別時茫茫江浸⑦月。

忽聞水上琵琶聲，主人忘歸客不發。

尋聲暗問彈者誰？琵琶聲停欲語遲。

移船相近邀相見，添酒回燈⑧重開宴。

千呼萬喚始出來，猶抱琵琶半遮面。

📖 注釋

①潯陽江：長江流經今江西省九江市北的一段。②荻（ㄉ一ˊ）花：多年生草本植物。③瑟瑟：形容微風吹動的聲音。④主人：指詩人自己。⑤管弦：泛指樂器。⑥慘：悲痛，傷心。⑦浸：淹沒。⑧回燈：重新掌燈，一作「移燈」。

📖 譯文

夜晚我到潯陽江頭送一位客人，秋風吹得楓樹和蘆荻發出聲響。

我下馬到船上和客人餞別送行，舉起酒杯要飲酒卻無助興

音樂。

分別時酒喝得不痛快更加傷心，此時茫茫江水倒映著一輪冷月。

忽然聽見江面傳來陣陣琵琶聲，我不想歸去而客人也不想動身。

尋著聲音探問彈琵琶的是何人？琵琶聲停了許久遲遲沒人說話。

移船靠近邀請彈琵琶的人相見，添上酒重新掌燈再次開啟酒宴。

千呼萬喚她才緩緩地走了出來，還懷抱琵琶半遮著羞澀的臉面。

📖 賞析

〈琵琶行〉是一首敘事長詩，全詩結構嚴謹縝密，錯落有致，情節曲折，波瀾起伏。第一部分寫江上送客，忽聞琵琶聲，為引出琵琶女做交代。

前六句交代時間、地點、事情的起因、背景，是在一個蕭瑟的秋天潯陽江邊，在「楓葉荻花秋瑟瑟」的環境下送客，自然有蕭瑟落寞之感。詩人與客人舉杯對飲，餞別送行之酒喝得心情慘淡，面對江面倒映的一輪冷月倒備感惆悵了。「無管弦」三字既是「醉不成歡」的原因，又為琵琶女的出場和彈奏做了鋪

陳，「慘」與「浸」構成一種強烈的壓抑感。接下來的八句，透過一陣琵琶聲音傳來，引起了在座諸位的興趣，描寫在詩人的盛情邀請下，琵琶女過船來相見的情形。以「忽聞」做轉折，詩人被貶謫江州一年有餘，突然從琵琶女的樂曲聲中聽到了熟悉的曲調，「忘」、「尋」、「問」、「移」這一系列動作描寫非常細緻，非常符合夜間船上聞聲後急切要知道彈奏琵琶的人是誰的心情。從「忽聞」到「相見」又經過「欲語遲」、「千呼萬喚」和「猶抱琵琶半遮面」三個轉折，令詩文跌宕起伏。這段琵琶女出場的過程歷來被人稱頌，既符合琵琶女的特殊身分，又展現主角內心的隱痛，還為後面的故事發展增加了懸念。

📖 **拓展** ⋯⋯⋯⋯⋯⋯⋯⋯⋯⋯⋯⋯⋯⋯⋯⋯⋯⋯⋯⋯⋯⋯⋯⋯⋯⋯⋯⋯⋯⋯

　　從白居易長詩〈琵琶行〉出發，元代_____曾寫過雜劇〈江州司馬青衫淚〉。劇中描寫白居易與裴興奴的愛情故事。

　　A. 關漢卿　B. 馬致遠　C. 鄭光祖　D. 白樸

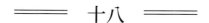

十八

野望

[唐] 王績

　　東皋①薄暮②望，徙倚③欲何依。

　　樹樹皆秋色，山山唯落暉。

牧人驅犢返，獵馬帶禽歸。

相顧④無相識，長歌懷採薇⑤。

📖 注釋

①東皋（《ㄍㄠ）：一指貞觀初年，王績因病去職，躬耕於東皋山（今山西省東皋村）；一指向陽的田野或高地，多指歸隱後的地方。②薄暮：傍晚時分。③徙（ㄒㄧˇ）倚（ㄧˇ）：徘徊，來回地走。④相顧：相視，互看。⑤採薇：採食野菜，代指隱居不仕。

📖 譯文

黃昏時站在東皋舉目遠望，心中徘徊不知我該歸向何方。

層層樹林都披上秋天色彩，道道山巒均塗滿落日的餘暉。

牧人驅趕著小牛返回家園，獵人騎著駿馬帶回許多獵物。

相視互看這些人並不認識，我放聲高歌追懷隱逸的生活。

📖 賞析

首句交代詩人所處的環境，他一個人處在隱居之地，「東皋薄暮」本是一種客觀的處境，但詩人卻把自我內心的情感賦予到周遭以及自我的姿態之中，「薄暮」本身就代表一種朦朧蕭瑟的氛圍，用一個「望」字，抒發詩人惆悵、孤寂的情懷。「徙倚欲何依」呼應上一句，表現出哀傷的情感，為全詩奠定了感情基

調，表達了詩人在現實中找不到知音、得不到賞識的苦悶、悵惘的心情。

下面四句寫「薄暮」中所見的景物。「樹樹皆秋色，山山唯落暉。牧人驅犢返，獵馬帶禽歸。」詩人勾勒出一幅山家秋晚圖，宛如四扇屏風，可分可合，漫山遍野，樹葉枯黃，牧童驅犢，獵馬帶禽，舉目四望，到處是一片秋色，但這秋色中仍然是殘陽盡染山嶺的蕭瑟衰敗景象。而且畫面中人與動物都在歸返，與詩人「欲何依」的姿態恰好相反，反襯熱鬧是他們的，詩人什麼也沒有，有的就是寂寞和孤寂。並引出尾聯的「相顧無相識」。

「相顧無相識，長歌懷採薇」直抒胸臆，詩人從「野望」的場景中回過神，更平添了一種茫然若失、孤獨無依、苦悶惆悵的心緒。「採薇」化用「伯夷、叔齊恥之，義不食周粟，隱於首陽山，採薇而食之」之意，是離人的淒涼，說自己在現實中孤獨無依，只好放聲高歌，追懷伯夷、叔齊那樣的隱逸高士，願做神交密友。

📖 拓展

《史記・伯夷列傳》中記載伯夷和叔齊聽說＿＿＿＿＿之後，謝絕周武王姬發的封賞和高官厚祿，到首陽山上隱居。山上沒有吃的，只好掐野豌豆尖，採薇而食，一直到餓死。這個故事千古流傳，表達名士那種愛國守志、清正廉明的高尚品行。

A.東伐耆國　B.姬發即位　C.武王滅殷　D.周公攝政

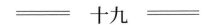

十九

過故人莊

［唐］孟浩然

故人具①雞黍②，邀我至田家。

綠樹村邊合③，青山郭④外斜⑤。

開軒⑥面⑦場圃⑧，把酒話桑麻⑨。

待到重陽日，還來⑩就菊花。

📖 **注釋**

①具：準備，置辦。②雞黍：泛指招待賓客的家常菜餚。③合：閉，對攏。④郭：外城圍牆。這裡指村莊的外牆。⑤斜：傾斜。⑥開軒：開窗。⑦面：面對。⑧場圃：指場地和園圃，庭院。⑨桑麻：桑和麻為農家養蠶、紡織所需，借指農事。⑩還（ㄏㄨㄢˊ）來：再次來。就：靠近，走近，趨向，此處指欣賞。

📖 **譯文**

老朋友預備了豐盛的飯菜，邀請我到田家做客。

綠樹層層圍繞在村莊四周，青山在村莊外橫臥。

推開窗戶面對穀場和園圃，舉杯對飲閒談農事。

等到九月九重陽節到來時，我再來這欣賞菊花。

📖 賞析

這是一首田園詩，就像一篇日記，用語平淡無奇，敘事自然流暢，在濃濃的鄉村氣息裡，抒發了詩人對農家生活的喜愛，對朋友熱情好客的感激之情。

首聯描寫普通農家殺雞做飯招待客人的場面。「黍」是黃米，古時是上等的糧食，用此款待詩人，顯得感情真摯，鄉情醇厚。頷聯描寫由「邀」到「至」，走進村莊時所見景色。綠樹環繞，青山相伴，有「合」有「斜」，自然清幽，構成一幅優美寧靜的田園風景畫。頸聯描寫賓主雙方把酒言歡，閒談農事。「面場圃」是說窗外就是打穀場、稻場、菜園，讓人領略到強烈的農村田園風光和農民辛勤工作的氣息。「話桑麻」讓讀者感到雙方飲酒時談起農事，「桑」與「麻」為農家養蠶、紡織所需，後借為農事之代稱。在這樣恬靜閒適的生活情景中，映襯出老朋友的情誼和詩人的愉悅感受。尾聯則表達臨走時，向主人率真地表示將在秋高氣爽的重陽節再來觀賞菊花和品酒。「待到重陽日」說明這次宴請是在重陽之前，距離九月初九時間也不遠了。言意猶未盡，相約再來。淡淡的兩句，令故人相待的熱情，客人的愉快，賓主之間的親切融洽，都躍然紙上了。

📖 拓展

　　黍去皮後稱黃米，比小米稍大，煮熟後有黏性，是中國古代最重要的主食。世界上不同地區，糧食的馴化時間也不同，有些地區的糧食生產是獨立出來的，目前能夠有令人信服證據的地區只有 5 個，分別是西南亞、中國、中美洲墨西哥中部、南美洲安第斯山脈和美國東部，黍最早馴化於_____。

　　A. 中國　B. 南美洲安第斯山脈　C. 西南亞　D. 中美洲墨西哥中部

═══ 處暑 ═══

咸陽城東樓

［唐］許渾

　　一上高城萬里愁，蒹葭①楊柳似汀洲②。
　　溪③雲初起日沉閣④，山雨欲來風滿樓。
　　鳥下綠蕪⑤秦苑⑥夕，蟬鳴黃葉漢宮⑦秋。
　　行人⑧莫問當年事，故國東來⑨渭水流。

📖 注釋

　　①蒹（ㄐㄧㄢ）葭（ㄐㄧㄚ）：一種水草。②汀（ㄊㄧㄥ）洲：水邊之地為汀，水中之地為洲，指詩人在江南的故鄉。③溪：

指咸陽城南的磻溪。④閣：指咸陽城西的慈福寺。詩人自注：「南近磻溪，西對慈福寺閣。」⑤綠蕪（ㄨ ˊ）：叢生的綠草。⑥秦苑：古秦國宮苑。⑦漢宮：漢朝宮殿。亦指其他王朝的宮殿。⑧行人：一為指詩人自己；一為泛指古往今來征人遊子。⑨東來：指詩人自東邊而來。

📖 譯文

登上高樓心中鄉愁油然而生，遠處蘆葦楊柳好似家鄉的汀洲。

夕陽沉沒在樓閣後烏雲湧起，一場山雨即將來臨時風灌滿樓。

鳥雀倉皇逃入舊時宮苑草叢，秋蟬躲在漢朝宮殿枯葉中悲鳴。

我還是別去追尋前朝往事了，故國依舊，滔滔渭水依然東流。

📖 賞析

首聯便起蒼涼悲慨之情。詩人一登上咸陽高高的城樓，向南望去，遠處煙籠「蒹葭」，霧罩「楊柳」，很像長江中的「汀洲」。「一」上高城，就有「萬」裡之愁懷，這正是巧用了兩個不同意義的「數位」而取得了一種獨特的藝術效果。一個「愁」

字，奠定了全詩的情感基調。詩中「萬里愁」因何而起呢？詩人生活在晚唐，此時大唐王朝已經處於風雨飄搖之際，政治非常腐敗，農民起義此起彼伏。

頷聯寫遠景。此時見到日薄西山，「山雨欲來」有深遠寓意，夕陽與慈福寺閣交相輝映，還沒來得及展現出日照高樓，就沐浴在淒風之中。風為雨頭，眼看烏雲湧起，一場山雨就要來到了。此句雲起遮日，風起雨來，動感分明，形象真實，含蘊深刻。

頸聯寫近景。望見當年皇家的宮苑，一片綠草平蕪，山雨將到，鳥雀倉皇逃入遍地綠蕪的「秦苑」，秋蟬則躲在「漢宮」的秋林黃葉中淒鳴。渲染風雨荒涼的意境，表達昔日繁華不再的感嘆。

尾聯融情於景，進一步感嘆王朝的更替，世事的變化滄桑。羈旅過客還是不要再問當年秦漢興亡之事吧！在故國咸陽城樓上只看到渭水還像昔日一樣長流不止而已，把詩人的愁怨從「萬里愁」推向「千古愁」，令全詩意遠而勢雄。

📖 拓展

咸陽是秦、漢時的都城，隔渭河與長安相望。唐都城長安在秦末漢初時為秦都咸陽的一個鄉聚，是秦始皇的兄弟長安君的封地，因此被稱為「長安」。隋文帝建立隋朝後，見到漢都城

年久失修，破敗狹小，決定在建造新都_____。西元 618 年，李淵稱帝，建立唐朝，改為長安。

A. 大名城　B. 興慶城　C. 大興城　D. 西安城

═══ 廿一 ═══

金縷衣

[唐] 杜秋娘

勸君莫惜金縷衣①，勸君惜取少年時。
花開堪②折直須③折，莫待④無花空折枝。

📖 **注釋**

①金縷衣：用金絲、金屬製成的穗狀衣物，比喻榮華富貴。②堪：可以，能夠。③直須：就該，正應當。④莫待：不要等到。

📖 **譯文**

勸你不要愛惜華麗的衣服，勸你一定珍惜少年美好時光。
花開能夠折時就該及時折，不要等到花落後折無花空枝。

📖 **賞析**

〈金縷衣〉在《全唐詩》中作者是無名氏，《唐詩三百首》中作者為杜秋娘。題目一作〈金縷曲〉，一作〈金縷詞〉，是中唐時

的一首流行歌詞，配著曲調演奏彈唱。從字面看，既是對青春的熱情歌唱，也是對愛情的奔放流露，然而字面的背後仍然是「愛惜時光」的主旨。

前兩句「勸君莫惜金縷衣，勸君惜取少年時。」句式相同，兩個「勸君」兩個「惜」字，加之微妙變化，重複而不囉嗦，耐人尋味。古人說「一寸光陰一寸金，寸金難買寸光陰」，青澀的少年時光，美好的青春歲月，每個人都有一次，也只有一次，如何能不珍惜？世間萬物有盛衰，人生安得常少年，「金縷衣」雖然珍貴，但與青春年少相比，哪個更貴重就不言而喻了。

後兩句用比喻的手法，再次用兩個「花」、三個「折」字重複，富有新意。上句說「有花」應怎樣，下句說「無花」會怎樣，上句說「須」怎樣，下句說「莫」怎樣，反覆強調，使詩句朗朗上口。少年們年輕的心，單純的眼，旺盛的精力，是多麼貴重，千金不換啊！「空折枝」三字卻耐人尋味，富有藝術感染力，正如岳飛的「莫等閒，白了少年頭，空悲切。」

青春對任何人也只有一次，它一旦逝去是永不復返的。可是，世人多惑於此，愛金如命、虛擲光陰的不在少數，因此，全詩以淺顯的語言、動人的形象、優美的韻律、形象貼切的比喻，反覆詠嘆強調愛惜時光，莫要錯過青春年華，闡述珍惜時光的重要性，具有勸人奮進的作用。

拓展

古代皇帝和貴族死時穿「玉衣」入葬，是＿＿＿＿＿規格最高的喪葬殮服，這種「玉衣」是把許多四角穿有小孔的玉片，用金絲、銀絲或銅絲編綴起來的，分別稱為「金縷玉衣」（帝王）、「銀縷玉衣」（諸侯王）、「銅縷玉衣」（公侯）。

A. 東周　B. 秦朝　C. 漢朝　D. 唐朝

━━ 廿二 ━━

送杜少府之任蜀州①

[唐] 王勃

城闕②輔③三秦④，風煙望五津⑤。

與君離別意，同是宦遊⑥人。

海內⑦存知己，天涯⑧若比鄰⑨。

無為⑩在歧路，兒女共沾巾。

注釋

①蜀州：今四川省崇州市。一作「蜀川」。②城闕（ㄑㄩㄝˋ）：城樓，指長安城。③輔：護衛。④三秦：指關中地區。⑤五津：指岷江的五個渡口。⑥宦（ㄏㄨㄢˋ）遊：為求官而出遊。⑦海內：四海之內，即全國各地。⑧天涯：在天的邊緣處，即

距離很遠。⑨比鄰：近鄰。⑩無為：不要，不用。歧（ㄑㄧˊ）路：岔路口。沾巾：淚水沾溼手巾，指揮淚告別。

📖 **譯文**

三秦之地護衛都城長安，遙望蜀州只見迷茫雲煙。

與你離別時有無限情意，我們都是出外做官之人。

四海之內只要你有知己，縱使遠在天涯也如近鄰。

請不要在岔路口分手時，像小兒女那樣淚溼手巾。

📖 **賞析**

這是一首送別詩，語言形象凝練，飽含深情又蘊含哲理。此詩一改往昔送別詩中悲苦纏綿之態，寫得昂揚樂觀，能給友人以安慰和鼓勵，展現出詩人志向高遠、胸懷曠達的積極態度，成為送別詩中的不朽名篇。

首聯指明分別地點在都城長安，這裡用「五津」代指蜀州，即杜少府將要赴任之地。詩人站在三秦拱衛的長安城樓上，遙望蜀州，為杜少府送行。頷聯將視線從「望」轉向友人，彷彿聽到了兩人在離別時語重心長的訴說。王勃說：「你我都是離鄉遠遊以求仕宦的人，你去蜀州，我留長安，此刻惜別之意卻是一樣的。」這兩句表現出詩人對友人的體貼關注，真摯的感情從字裡行間自然而然地流露出來。後四句則進一步昇華這種感

情，以實轉虛，高度概括了友情深厚，江山難阻，把全詩昇華到一種美學境界。天下沒有不散的筵席，再好的朋友也會經歷離別，這一別，或許就是永遠。詩人一掃以往送別詩那種淒涼情調，表達只要是四海之內，存在著你我這樣的知己，即使遠在天涯，也如同就在身邊一樣。「無為」是不要之意，「兒女」指多情男女，告訴友人，大丈夫不能像小兒女一樣，不要輕易掉淚，是對朋友的叮囑，也是自己情懷的吐露。王勃沒有寫離別時的傷感痛苦，而是寫出對友人宦海漂泊的激勵和鼓舞。

全詩開合頓挫，意境深遠，胸襟開闊，充滿陽光，積極向上，展現了人間最真摯、最深厚的友情。尤其是「海內存知己，天涯若比鄰」音調明快爽朗，語言清新高遠，使人耳目一新，千古流傳。

📖 拓展

「三秦」指長安城附近的關中之地，即今陝西省潼關以西一帶。在秦朝末年，_____把關中分為三區，分別封給三個秦國的降將，所以稱「三秦」。

A. 項梁　　B. 項羽　　C. 胡亥　　D. 劉邦

廿三

送友人

［唐］李白

青山橫北郭①，白水②繞東城。

此地一③為別，孤蓬④萬里徵⑤。

浮雲遊子意，落日故人情。

揮手自茲⑥去，蕭蕭⑦班馬⑧鳴。

📖 注釋

①郭：城外圍城的牆。②白水：清澈的流水。③一：表示程度，加強語氣。④蓬：蓬草，乾枯後根株斷開，比喻即將孤行的友人。⑤徵：遠行。⑥茲：此。⑦蕭蕭：形容馬嘶鳴聲。⑧班馬：離群的馬，這裡指載人遠離的馬。

📖 譯文

青山橫臥在城郭的北邊，清澈的河水環繞在城郭之東。

我們馬上就要在此分別，你像蓬草一樣踏上萬里征程。

遊子行蹤不定好似浮雲，夕陽餘暉恰似你我惜別之情。

我們在此揮手告別離去，載人遠離的馬也為此而長鳴。

📖 賞析

　　這是一首情意深長的送別詩，詩中情意宛轉含蓄，抒發難捨難分的情感。情景交融，新穎別緻，色彩鮮豔，語言流暢，對景懷人，意味深遠。

　　首聯刻劃送別環境，渲染離別氣氛。詩人放眼望去，青翠的山巒橫臥於城北，潔白的河水從城東緩緩繞過。以「青山」對「白水」，「北郭」對「東城」。「青」「白」相間，色彩鮮明而豔麗。「橫」字刻出山之靜態，「繞」字畫出水之動態，用詞準確而傳神。

　　頷聯表達對朋友漂泊生涯的深切關懷。「蓬」乾枯後根株斷開，遇風飛旋，詩人用「孤蓬」喻指遠行的朋友，比喻十分形象。此句情感沉重，有不忍之情，非道一聲珍重可比。

　　頸聯觸景生情，感到離別的不捨。詩人巧妙地用「浮雲」與「落日」作比，有景有情，情景交融。「浮雲」比喻友人的行蹤不定，任意東西，「落日」比喻自己像落日一樣，不肯離開大地，表達對朋友依依惜別、戀戀不捨的心情。

　　尾聯兩句情意更切。「揮手自茲去」是分離時的動作，送君千里，終有一別，無聲的「揮手」抒發難捨難分的情感。「蕭蕭班馬鳴」將詩人內心的感受透過「馬鳴」烘托出來。此句化用《詩經・小雅》中「蕭蕭馬鳴」一句，嵌入「班」字，寫出馬猶不願離群的動人場景。全詩寫得有聲有色，氣韻生動，畫面中流盪無限溫馨的情意，感人肺腑。

📖 拓展

名為〈送友人〉，全詩未見「送別」或「離愁」之字，其筆端卻飽含著依依惜別之情。清朝皇帝_____對此詩大為讚賞，在《唐宋詩醇》中有評價：「首聯整齊，承則流走，而下聯健勁，結有蕭散之致。大匠運斤，自成規矩。」

A. 康熙　B. 雍正　C. 乾隆　D. 嘉慶

═══ 廿四 ═══

長沙過賈誼①宅

[唐] 劉長卿

三年謫宦②此棲遲③，萬古唯留楚客④悲。
秋草獨尋人去後，寒林空見日斜時。
漢文⑤有道恩猶薄⑥，湘水無情吊⑦豈知？
寂寂江山搖落處，憐君何事到天涯！

📖 注釋

①賈誼：西漢時期政治家、文學家。②謫（ㄓㄜˊ）宦：貶官。賈誼曾被漢文帝重用，後被疏遠。③棲遲：像鳥兒那樣的斂翅歇息，此處指居留。④楚客：此處指流落在楚地的賈誼。⑤漢文：指漢文帝劉恆。⑥恩猶薄：恩情疏情義薄。⑦吊：憑弔。賈誼在長沙曾寫〈吊屈原賦〉。

📖 譯文

賈誼被貶在此地居住過三年，萬古留下你在楚地的悲哀。

人走後獨自尋覓秋草中足跡，黃昏時只見到空寂的寒林。

漢文帝是明君尚且情疏義薄，湘江水無情憑弔有誰知情？

江山寂寞冷落草木紛紛凋落，可憐你不知為何天涯飄零！

📖 賞析

　　劉長卿曾兩遭貶謫，第二次貶謫來到長沙的時候，正是秋冬之交，寫下了這首懷古詩。賈誼是漢文帝時著名的政論家，曾因權臣誹謗被貶到長沙，在長沙時寫了〈吊屈原賦〉，以憑弔屈原來感喟自己的不幸遭遇。如今劉長卿憑弔賈誼，正像賈誼憑弔屈原一樣，也是借古人來感慨自己的身世，自憐之意，溢於言表。

　　首聯「三年謫宦」帶來的是「萬古」留悲，給予人憂鬱沉重的悲涼之感。「棲遲」暗喻賈誼的失意和無可奈何，「楚客」表明賈誼心境是悲涼的、無助的，奠定了全詩憂鬱沉重的感情基調。

　　頷聯是詩人獨自尋覓在斜陽之下的荒草寒林間，渲染出一幅蕭條冷落、荒寒孤寂的日暮秋景圖。常規語序為「人去後獨尋秋草，日斜時空見寒林。」本處是倒裝語序，透過對「人去後」與「日斜時」的「秋草」與「寒林」等景物的描寫，渲染了蕭條、淒冷的環境氛圍，烘托了詩人孤獨、寂寞的心境。

頸聯溯古思今，從賈誼的間疏，隱隱連繫到自己的遭遇。當時「有道」的漢文帝，對賈誼尚且這樣薄恩，那麼，此時昏聵無能的唐代宗對劉長卿而言當然更談不上什麼知遇之恩了。屈原哪能知道上百年後賈誼會來到湘水憑弔自己，賈誼也不會想到幾百年後詩人也會來此地憑弔賈誼。

尾聯用反問的形式控訴了無罪而受罰的不合理現實，道出了千古文人悲劇命運。「君」既指賈誼，也指詩人自己，「憐君」不僅是憐人，更是憐己。最後一句深深的嘆息，表達了詩人對賈誼的同情，對漢文帝的指責，對自身孤獨寂寞處境的感嘆，以及對當今統治者的不滿。

📖 拓展

賈誼，西漢初年著名政論家、文學家，世稱賈生。文帝時任博士，遷太中大夫，為梁懷王太傅，後因梁懷王墜馬而死，賈誼深感歉疚，憂鬱而亡，年僅 33 歲。司馬遷對_____、賈誼都寄予同情，為二人合寫了一篇列傳。

A. 屈原　　B. 蔡邕　　C. 班固　　D. 董仲舒

廿五

劍門①道中遇微雨

[南宋] 陸游

衣上征塵②雜酒痕，遠遊無處不消魂③。
此身合④是詩人未⑤？細雨騎驢入劍門。

📖 注釋

①劍門：在今四川省廣元市劍閣縣北。②征塵：旅途中衣服所蒙的灰塵。③消魂：形容傷感或歡樂到極點，好似魂魄脫離軀體。一作「銷魂」。④合：應該。⑤未：放在句末，表示疑問。

📖 譯文

衣服上滿是雜亂的灰塵和酒痕，這次遠行沒有一處不讓人傷感的。

我這一輩子就該當一個詩人嗎？細雨中騎著一頭毛驢進入劍門關。

📖 賞析

此詩作於陸游由陝西南鄭前線被貶成都做官途經劍門關時，感情深沉，委婉含蓄，採用藉景抒情的表達方式，表達了對自己壯志難酬的憂憤。

前兩句表明陸游此行是遠離前線，遠離戰地疆場，到後方舒適的都市，這對一心想馳騁疆場、殺敵報國的陸游來說，是極度失落的。「征塵」既指調任途中所染的塵埃，也指戰場上飛揚的塵土，「酒痕」表達離開前線的遺憾和無奈，只能以酒消愁。「遠遊」一詞既可概括詩人三十年間行萬里路的經歷，也指這次入蜀地的遠行。「無處不」是雙重否定，等於確切的肯定。「消魂」指極度惆悵的心情。陸游本想施展抱負，並為此付出了很大的努力，然而這一切卻付諸東流。

後兩句流露出詩人內心的極度悲傷，表現出詩人心情無限激憤。詩人回想一生仕途的坎坷遭遇，面對壯志難酬的現實，於是自問：「我難道只該是一個詩人嗎？」這次去後方充任閒職，重新當個紙上談兵的詩人，是他無可奈何的自嘲、自嘆、自哀。尾句「細雨騎驢入劍門」形象逼真，耐人尋味，與「鐵馬秋風大散關」形成鮮明的對比，陸游還有詩「夜闌臥聽風吹雨，鐵馬冰河入夢來。」就連做夢都夢見自己騎著戰馬跨過冰封的河流出征北方疆場，如今衷情難訴，壯志難酬，「騎驢入劍門」不免黯然傷神。

這首詩的正常詩句順序應該是：「細雨」一句為第一句，「衣上」一句為第二句，「遠遊」一句為第三句，「此身」一句為第四句。但這樣一來，便平淡無味了。詩人別出心裁，巧妙搭配，含蓄地表達報國無門、衷情難訴的情懷。

📖 **拓展** ┈┈┈┈┈┈┈┈┈┈┈┈┈┈┈┈┈┈┈┈┈┈┈┈┈┈┈┈┈┈

　　自從石敬瑭將「幽雲十六州」割讓給契丹後，中國北方不但失去了天然防線，還失去了能養戰馬的牧場。兩宋時期，整個北方都在契丹人和金人手下，宋王朝沒辦法保證馬匹供應。宋軍為奪取幽州，宋太宗趙光義曾親征，非常激烈，耶律休哥身先士卒，宋軍騎兵不足，連戰連敗，死者萬餘人，宋太宗乘驢車逃走，遼軍一直追至涿州，這場戰役「＿＿＿＿」正式宣告了五代的戰爭結束。

　　A. 幽州之戰　　B. 涿州之戰　　C. 漁陽之戰　　D. 高粱河之戰

═══ 廿六 ═══

秋夜將曉出籬門迎涼有感（其二）

[南宋] 陸游

　　三萬里河東入海，五千仞①嶽②上摩天③。
　　遺民④淚盡胡塵⑤裡，南望王師⑥又一年。

📖 **注釋** ┈┈┈┈┈┈┈┈┈┈┈┈┈┈┈┈┈┈┈┈┈┈┈┈┈┈┈┈┈┈

　　①仞：古代計算長度的單位，周尺八尺或七尺，一尺大約二十三公分。②嶽：指五嶽之一的西嶽華山。③摩天：碰到天，形容極高。④遺民：指在金占領區生活的漢族人民。⑤胡塵：

指金統治地區的風沙，此處借指金政權，指金人統治下的中原。⑥王師：指南宋朝廷的軍隊。

譯文

三萬里黃河東流匯入大海，五千仞華山高聳直入青天。

中原人民的眼淚已經流盡，盼望王師到來一年又一年。

賞析

組詩共兩首，第一首表達詩人有心殺敵、無力回天的感慨。第二首中詩人熱情地讚美了淪陷區的祖國大好河山，對淪陷區百姓的痛苦予以極大的同情，而對南宋統治者不收復失地表示無比的憤慨。此為第二首。

詩一開頭祖國的大好河山立即撲面而來，蜿蜒曲折的黃河朝東流入大海，巍峨的山岳高攀直上雲天。「三萬里河」是指黃河，此時在金人統治之下。「五千仞嶽」據詩人在〈寒夜歌〉所記：「三萬里之黃河入東海，五千仞之太華磨蒼旻。」「太華」即西嶽華山，在今陝西省華陰市南，因其西有少華山，故稱「太華」，當時也在金人占領區內。詩中「入」和「摩」二字，就使人感到這黃河之橫，華山之縱，不僅雄偉壯麗，而且氣勢恢宏。然而，這大好河山已陷於敵手將近半個世紀，自然使人感到無限憤慨。

後兩句寫盡在金人占領之地人們受到的苦難。「遺民」是被南宋王朝遺留在北方的廣大百姓，曾經有李清照、辛棄疾這些文

人，也都歷盡千辛萬苦才南渡到南宋領土。「淚盡」一詞更含無限辛酸，那些無法南渡的百姓，只能以淚洗面，五十年來，早已「淚盡」了。中原廣大人民受到沉重的壓迫，經受長久的折磨，將「南望王師」的迫切心情躍然紙上。「又一年」是人們每一天每一年都在等待著，企盼大宋的軍隊能去拯救他們，收復這「三萬里河」，奪回那「五千仞嶽」。「又」字同時說明，在胡人鐵蹄下苦苦掙扎的人民無數次失望的痛苦過程，飽含對南宋小朝廷偏安江南的鞭笞。

📖 拓展

此詩作於西元 1192 年秋天，題目中「將曉」說明詩人感嘆國事，夜不能寐，「籬門」說明當時陸游已在山陰故里村居。然而，此前宋與金已達成_____，金宋兩國皇帝以叔姪相稱，宋割唐、鄧、海、泗、商、秦六州與金。南宋從此偏安江南，宰相專權，縱情享樂，把大好河山、國恨家仇丟在腦後了。

A. 紹興和議　B. 嘉定和議　C. 海上之盟　D. 隆興和議

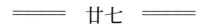

══ 廿七 ══

天淨沙·秋思

[元]馬致遠

枯藤①老樹昏鴉②，小橋流水人家③，古道④西風瘦馬。
夕陽西下，斷腸人⑤在天涯⑥。

📖 注釋

①枯藤：乾枯枝蔓。②昏鴉：黃昏時要回巢的烏鴉。③人家：農家。④古道：古老荒涼的驛路。⑤斷腸人：形容傷心悲痛到極點的人，此處指漂泊天涯、極度憂傷的旅人。⑥天涯：在天的邊緣處，比喻距離很遠。

📖 譯文

枯藤纏繞著老樹，枝上棲息著烏鴉。

小橋下流水潺潺，橋邊有幾戶農家。

古道上人貧馬瘦，踽踽前行西風下。

夕陽漸漸地西下，旅人漂泊在天涯。

📖 賞析

這首小令很短，只有五句二十八個字，全篇無一「秋」字，卻以多種景物並置，組合成一幅寒秋夕照圖。

讓天涯遊子騎一匹瘦馬出現在一派淒涼的背景上，從中透出令人哀愁的情調，抒發了一個飄零天涯的遊子在秋天思念故鄉、倦於漂泊的淒苦愁楚之情。在詞句的創意上，詩人大膽超前，語言極為凝練，九個名詞，其間無一虛詞，卻自然流暢而意蘊豐富，讓九種不同的景物沐浴在夕陽的清輝之下。與溫庭筠〈商山早行〉中「雞聲茅店月，人跡板橋霜」極其相似，像電

影鏡頭一樣，將各個角度的剪影依次呈現在讀者面前。「枯，老，昏，古，瘦」用字講究，結構精巧，頓挫有致，渲染出格調蒼涼、愁雲籠罩的景象，烘托出詩人內心的悲戚。

第一幅畫面裡，幾根枯藤纏繞著凋零的禿樹，黃昏的烏鴉尚能有老樹可歸，小橋下是潺潺流水，橋邊還有裊裊炊煙的農家小院，有人家安居的田園景色是那樣幽靜而甜蜜，安逸而閒致。其中的「人家」展現出詩人對溫馨家園的渴望之情。

第二幅畫面裡，在蕭瑟的西風中，在寂寞的古道上，在沉沉的暮色裡，旅人卻騎著一匹枯瘦如柴的馬，向著遠方踽踽而行。在馬前加一個「瘦」字，用「馬」之瘦，襯出其人之貧，反襯路途跋涉之艱辛或求功名之困苦。有人說，到不了的地方叫做遠方，回不去的地方叫做故鄉，此時此刻，此情此景，讓人讀之，怎能不悲從中來，怎能不肝腸寸斷！

📖 拓展

這種奇妙的用字法，實在罕見。形象地描繪出天涯遊子淒楚、悲愴的內心世界，給予人震撼人心的藝術感受。歷來被人們推為小令中出類拔萃的傑作，被譽為「秋思之祖」，近代學者_____評價這首〈天淨沙‧秋思〉，幾百年來，它以其「深得唐人絕句妙境」的藝術魅力而膾炙人口。

A. 嚴復　B. 王國維　C. 梁啟超　D. 陳寅恪

廿八

天淨沙・秋

[元] 白樸

孤村落日殘霞①，輕煙②老樹寒鴉③，一點飛鴻影下④。
青山綠水，白草⑤紅葉⑥黃花⑦。

📖 注釋

①殘霞：快消散的晚霞。②輕煙：輕淡的煙霧。③寒鴉：天寒即將歸林的烏鴉。④飛鴻影下：飛翔的大雁掠過。⑤白草：牧草。⑥紅葉：楓葉、黃櫨等紅色樹葉。⑦黃花：菊花。

📖 譯文

晚霞消散，太陽逐漸西沉，映照遠處一座孤寂的村莊。

炊煙飄起，烏鴉棲息老樹，發出幾聲令人心酸的啼叫。

遠處一隻大雁飛掠而下。

青山綠水、霜白牧草、火紅楓葉、金黃菊花十分豔麗。

📖 賞析

白樸這首小令〈天淨沙・秋〉會讓人聯想起另一首膾炙人口的〈天淨沙・秋思〉，無論寫法還是構成的意境都有相似之處。詩人擷取最富北國秋日野外特徵的幾種景物，巧妙地集結在同

一畫面上，形成靜謐而又斑斕的色調，在秋氣橫溢中顯示出幾分生機。

前兩句中「孤村、落日、殘霞、輕煙、老樹、寒鴉」，與〈天淨沙・秋思〉的前兩句「枯藤、老樹、昏鴉、小橋、流水、人家」一一對應，著力渲染出一派深秋淒涼之景。黃昏時分，如血殘霞映照著一座孤零零的小村莊，夕陽淡淡，炊煙裊裊，幾隻歸巢的寒鴉，靜靜地站立在老樹枝頭，忽然劃過一隻大雁，展現出在天邊晚霞映襯下的一幅秋日黃昏圖景。

「一點飛鴻影下」與〈天淨沙・秋思〉中「古道西風瘦馬」的淒楚悲愴之感明顯不同，這一句中飛翔的大雁掠過，使畫面靜中有動。「青山綠水」一句一掃前人一悲到底的俗套，色彩鮮明地描繪出秋天的美景。一口氣連續出現五種顏色，「青山綠水」是廣闊的底色圖景，「白草紅葉黃花」這三種顏色，交雜在青、綠二種底色之中，這些明麗的色彩為這肅殺的氣氛增添了許多生機和活力。

詩人心思縝密，妙筆生花，描寫秋天的自然景象層次分明，色彩斑斕，雖然在開始時，有一些蕭瑟之意，然而，後來卻以繽紛的色彩作結，終究是賞心悅目和韻味無窮的。

📖 拓展

描繪秋景，歷來是中國古代文人喜愛的題材，為表現它而不惜筆墨的詩人騷客代代有之，留下的作品更是多不勝舉，但

許多作品容易流入俗套。這首小令描寫的_____是作者心中之景，不僅不俗，還非常成功地將秋日遲暮蕭瑟之景與明朗絢麗之景融合在一起。

A. 東部海邊　B. 江南田園　C. 西部邊陲　D. 北方原野

廿九

畫雞

［明］唐寅

頭上紅冠不用裁①，滿身雪白走將②來。

平生③不敢輕④言語，一叫千門萬戶⑤開。

📖 注釋

①裁：裁剪。②將：助詞，用在動詞之間。③平生：平素，平常。④輕：隨便，輕易。⑤千門萬戶：形容人戶眾多。

📖 譯文

頭上的紅冠不用特別剪裁，身披雪白的羽毛雄糾糾地走過來。

它平素是不敢隨便開口的，一旦啼叫千家萬戶都將起來開門。

📖 賞析

〈畫雞〉是唐寅為自己的畫作題寫的一首詩，描繪了雄雞高偉的形象。畫中公雞威武的姿態，高潔的品格，驚人的鳴叫，都表現了詩人的情懷和抱負。

第一句是靜態描寫，「頭上紅冠」是天生的，無須剪裁已經威風凜凜。第二句是動態描寫，「滿身雪白」是不加裝飾依然優美華麗，「走將來」就是「走過來」，「將」是語氣助詞，表示趨向的動作。詩人用一大片的「雪白」襯托雄雞的高潔，區域性中的一點紅，顯示強烈的色彩對比，足見精麗華貴的工筆畫風。雄雞的動作、體態、神態一覽無遺，畫面中雄雞雄糾糾、氣昂昂的形象躍然紙上。前兩句描繪了雄雞的威武，詩人讚頌它高潔品格的同時，也表現了詩人喜愛這種形象的思想。

後兩句表現了雄雞具備的美德和權威，這也是詩人心中的願望和抱負。「平生不敢輕言語，一叫千門萬戶開」這是以人之心理比雞之心理，尤其「不敢」一詞用得十分貼切，詩人推測雄雞的心理狀態，它平常是不敢輕易說話的，因為一聲鳴叫，意味著黎明到來。平生低調，不露聲色，不鳴則已，一鳴驚人是它的本色。雄雞一聲鳴叫，千家萬戶都要開啟門，迎接新一天的到來，把雞的神態氣質和報曉天性展現得淋漓盡致。

唐寅是中國畫的集大成者，他吸取了眾多優秀的畫風畫

法，筆下花鳥類的物象刻劃，通常加以真情實感的描繪，畫面往往簡潔明瞭，筆墨明淨，格調秀麗，饒有韻味。

📖 拓展

唐寅，因出生於寅年，故取名唐寅，字伯虎，是明朝著名畫家、書法家、詩人。西元 1499 年，唐寅與明代地理學家、旅行家、文學家徐霞客的高祖_____入京參加會試，因科舉舞弊案而下獄，後被罷黜為吏。歸家後夫妻失和，休妻後遠遊閩、浙、贛、湘等地。

A. 徐有勉　B. 徐經　C. 徐洽　D. 徐治

═══ 三十 ═══

滿江紅・怒髮衝冠

[南宋] 岳飛

怒髮衝冠①，憑闌②處、瀟瀟③雨歇。抬望眼、仰天長嘯④，壯懷⑤激烈。三十功名塵與土⑥，八千里路雲和月⑦。莫等閒⑧、白了少年頭，空悲切⑨。

靖康恥⑩，猶未雪。臣子恨，何時滅。駕長車，踏破賀蘭山缺。壯志饑餐胡虜肉，笑談渴飲匈奴血。待從頭、收拾舊山河，朝天闕。

注釋

①怒髮衝冠：氣得頭髮豎起頂起帽子。②憑闌：身倚欄杆。③瀟瀟：形容風雨急驟。④長嘯：大聲呼叫。⑤壯懷：奮發圖強的志向。⑥塵與土：如同塵土，微不足道。⑦雲和月：披星戴月。⑧等閒：無端，平白地。⑨空悲切：白白的痛苦。⑩靖康恥：西元 1127 年，金兵擄走徽、欽二帝。長車：古時兵車。胡虜：秦漢時稱匈奴為胡虜，後世用為與中原敵對的北方部族之蔑稱。匈奴：古代北方民族，這裡指金入侵者。朝天闕：朝見皇帝。

譯文

我憤怒得頭髮豎直欲頂起帽子，身倚欄杆，一場急雨剛停下。抬眼看去，仰天長嘯，奮發圖強的志向激烈啊。三十歲得到的功名還微不足道，漫長征途上披星戴月。不要虛度年華，等頭髮花白了，獨自悲傷淒切。靖康奇恥尚未雪洗。臣子的憤恨何時才能平息。我願駕駛戰車，踏破賀蘭山的敵營。壯志同仇，笑談賊敵，餓了就吃敵軍的肉，渴了就飲敵軍的血。等到收復中原失地後，再去朝拜皇帝。

賞析

上闋寫北伐中原前功盡棄的局面令人悲憤，中原重陷敵手，自己努力立功的雄心壯志落空。「怒髮衝冠」、「仰天長嘯」

和「壯懷激烈」都是詞人胸中的怒火在熊熊燃燒、不可阻遏的表現。「三十功名塵與土」是對自己的評價,「八千里路雲和月」是說出師北伐十分艱苦,任重道遠,表現了詞人強烈的愛國熱忱。「莫等閒、白了少年頭,空悲切」強烈地表達了人人都會老去,但不老的是一顆赤子之心,壯志豪情並不專屬於年輕人,即使白髮蒼蒼,還一往無前,才是最豪邁的人生。這種積極進取的抵抗派與主張議和的投降派形成了鮮明的對照。

下闋寫詞人對敵人的深仇大恨,對統一祖國的殷切期望,擁有忠於朝廷即忠於祖國的赤誠之心。「靖康恥」四句短小精悍,既承接上闋「怒髮衝冠」的原因,又突出後文的憤恨之情。「壯志饑餐胡虜肉」和「笑談渴飲匈奴血」都是以誇張的手法表達了岳飛對凶殘敵人的憎恨之情,同時表現了岳飛英勇、自信、無畏和樂觀的民族精神。「收拾舊山河」也就是收復中原,勝利歸來,丹心碧血去「朝天闕」,寫得情調激昂,寫得蕩氣迴腸,寫得慷慨壯烈。

📖 拓展

岳飛抗金是在女真貴族對南宋的戰爭中擄掠殘殺下進行的。他_____先後北伐,功績不可磨滅,最終卻以「莫須有」的罪名被殺害,當時年僅 39 歲。臨刑前在獄案上揮筆寫下「天日昭昭,天日昭昭」,表達了對投降派的最後抗議。

A. 四次　B. 五次　C. 六次　D. 七次

七月

八月

初一

望洞庭湖贈張丞相

〔唐〕孟浩然

八月湖①水平，涵虛②混太清③。

氣蒸雲夢澤④，波撼嶽陽城⑤。

欲濟⑥無舟楫⑦，端居⑧恥聖明⑨。

坐觀垂釣者，徒有羨魚情。

📖 **注釋**

①湖：指洞庭湖，在今湖南省北部。②涵虛：指水映天空。③混（ㄏㄨㄣˋ）太清：與天空混為一體。④雲夢澤：今湖北省江漢平原上的古代湖泊群總稱，或指古代大湖，在洞庭湖北面。⑤嶽陽城：在洞庭湖東岸。⑥濟：渡。⑦楫（ㄐㄧˊ）：船槳，也借指船。⑧端居：平常居處，閒居。⑨聖明：指太平盛世。

📖 譯文

八月洞庭湖水盛漲浩渺無邊，天倒映在水中混成為一色。

雲夢澤水氣蒸騰白茫茫一片，波濤似乎要撼動了嶽陽城。

我想渡水卻苦於沒有船和槳，太平盛世閒居又羞愧難當。

坐在湖邊觀看垂竿釣魚的人，只能白白地懷有羨慕之情。

📖 賞析

這是一首著名的干謁詩。詩人借景抒情，表達了希望有人引薦，積極出仕的願望。題目中張丞相大多認為是張九齡（一說為張說），也是著名的詩人，他為人正直、選賢任能。此時，45 歲的孟浩然西遊長安，很想入仕，實現自己的人生理想，希望有人能給予引薦。以此詩獻給張九齡（或張說），以求錄用入仕。

詩的上半段是寫景，寫洞庭湖的景色，把八百里洞庭湖寫得浩瀚無邊，寫得氣象萬千。開頭兩句交代了家鄉洞庭湖水和天空渾然一體，景象是廣闊浩渺的。「涵虛」指天空為水氣所包含，即天倒映在水裡。「混太清」即水天一色。接著寫籠罩在湖上的水氣蒸騰，吞沒了「雲夢」二澤，而「波撼」兩字襯托湖水的波濤洶湧、澎湃動盪，也極為有力地描繪出洞庭湖浩瀚無垠、雄渾壯觀的景象。在廣闊的空間中，詩人體會到了個體的渺小與無助。

後四句描寫寬廣的天空，寬闊的湖面，自然而然地轉入「欲濟」，語義雙關，既說無船渡河，又指欲仕而無人引薦。「端居恥聖明」用得極為得體，是說在這個太平盛世中，皇帝聖明，宰相清明，自己不甘心閒居無事，要出來做一番事業。詩人又進一步表達了急於入仕的決心，「垂釣者」明指當朝執政的人物，暗指張丞相。「徒有羨魚情」的「羨魚」用典貼切，語出《淮南子》的「臨河而羨魚，不如歸家織網。」說看到別人都有事做，自己卻只能旁觀，這樣虛度人生，真是罪過！孟浩然的表達雖然很委婉，但也能感知他很急切的心情。但結果仍然令孟浩然失望，未能入仕，只好心灰意冷地重回老家。

📖 拓展

張九齡舉止優雅，風度不凡，遠見卓識，忠心盡職，秉公守則，直言敢諫，選賢任能，不徇枉法。張九齡去世後，_____對宰相每次推薦公卿時，總問「風度得如九齡否？」因此，張九齡一直為後世人們所崇敬和仰慕。

A. 唐玄　B. 唐高宗　C. 唐太宗　D. 唐中宗

═══ 初二 ═══

望洞庭

[唐] 劉禹錫

湖光秋月兩相和①，潭面無風鏡未磨②。

遙望洞庭山③水翠，白銀盤④裡一青螺⑤。

📖 **注釋**

①相和：相安，相互呼應協調。②鏡未磨：指湖中的景物，隱約不清，如同鏡面沒打磨時一樣。③山：指洞庭湖中的君山，也稱為湘山、洞庭山。④白銀盤：形容月光下平靜的洞庭湖面。⑤青螺：形容君山如青綠色的螺一樣。

📖 **譯文**

洞庭湖上月光和水色輝映，無風的湖面如同未磨的銅鏡。

遠望洞庭湖景色山青水綠，像白銀盤子裡托著一枚青螺。

📖 **賞析**

劉禹錫在〈歷陽書事七十韻〉序中稱：「長慶四年八月，予自夔州刺史轉歷陽，浮岷江，觀洞庭，歷夏口，涉潯陽而東。」此詩即劉禹錫上任途中經過洞庭湖時創作。描寫秋夜月光下洞庭湖的優美景色。展現了詩人熱愛自然的情懷和雖然被貶卻並不埋怨、

豁達大度的胸襟。全詩運用豐富的想像，巧妙的比喻，獨具匠心。

前兩句描寫秋日月夜，風平浪靜的洞庭湖美景。「湖光」和「秋月」引發詩人遐想，一個「和」字恰到好處地展現出一幅波光粼粼、月光柔美的山水圖。遠望洞庭湖，湖面沒有風，就像一面還沒有打磨的銅鏡，讓人能夠體會到洞庭湖別具一格的朦朧美，想像出洞庭湖在月光下安寧、飄渺、和諧且溫柔的景象。

後兩句將視線聚焦到湖中君山，描寫君山秀麗的色彩。「山水翠」是君山的山水景色，君山是湖中一處小山，它四面環水，風景秀麗，竹木蒼翠，風景如畫。題目有「望」，詩中有「望」，「湖光秋月」和「潭面無風」是近望所見，「洞庭山水」和「青螺」是遙望所見。近景美妙、別緻，遠景迷人、秀麗，處處展現大自然的精緻、優美。尤其是詩人把君山比喻成「白銀盤裡一青螺」，想像豐富，比喻恰當，色調淡雅，「銀盤」與「青螺」互相映襯，相得益彰，給予人藝術享受。

📖 拓展

劉禹錫在西元 793 年和_____同榜進士及第，同年登博學鴻詞科。兩年後再登吏部取士科，又同在御史臺任職。兩人政治主張高度一致，同為革新集團的核心人物，兩人成為一生摯友。但由於改革觸犯了藩鎮、宦官和官僚們的利益，兩人被貶為遠州司馬。

A. 柳宗元　B. 裴度　C. 韓愈　D. 元稹

初三

馬詩（其五）

[唐] 李賀

大漠①沙如雪，燕山②月似鉤。

何當金絡腦③，快走踏清秋。

📖 **注釋**

①大漠：廣大的沙漠。②燕山：燕然山，此處借指邊塞。③金絡腦：用黃金裝飾的馬籠頭，借指人才能大顯身手，建功立業之意。

📖 **譯文**

大漠的平沙宛如茫茫白雪，燕山的月亮好似細細彎鉤。

駿馬何時能套上鑲金籠頭，像秋遊一樣馳騁在戰場上。

📖 **賞析**

李賀的〈馬詩〉組詩共二十三首。名為詠馬、贊馬或慨嘆馬的命運，實際是藉物抒情，抒發詩人懷才不遇的感嘆和憤慨，以及內心建功立業的抱負和願望。

前兩句透過「大漠」的沙、「燕山」的月，描繪出燕山一帶寒冷、荒僻、孤寂的環境，展示北方大地蒼涼與悲壯，一種博大

而深沉的情感籠罩著全詩。李賀是屬於苦吟派詩人，寫詩時十分注意鍊字鍊意，出語務必勁拔，注意獨創，從前兩句不難看出其用詞之精當，「鉤」是一種彎刀，從明晃晃的月牙聯想到武器的形象，暗含戰鬥之意。用「沙如雪」與「月似鉤」精湛地勾勒出一幅燕山月色圖景，正是駿馬馳騁燕山原野的景色。

後兩句中「金絡腦」是貴重的馬具，象徵馬受到重用。顯然這是詩人期望建功立業而又不被賞識所發出的嘶鳴。「踏清秋」三字詞語搭配新奇，「清秋」時草黃馬肥，正好驅馳，冠以「快走」二字，形象地暗示出駿馬輕捷矯健的風姿。結尾兩句顯示出這邊塞征戰之處，正是良馬和英雄大顯身手之地，駿馬在艱苦的環境下卻不以為苦，渴望套上黃金裝飾的馬絡頭，在漠北戰場上輕快奔馳，就像清秋季節外出郊遊一樣。

〈馬詩〉二十三首詩中，詩人一直自比為良馬，雖然年少，但期望遇上英主，自己受到重用，盡量發揮自己的才能，願一展雄才大志，做出一番轟轟烈烈的事業。

📖 拓展

李賀是唐宗室鄭王李亮後裔，有_____之稱，是中唐到晚唐詩風轉變期的代表人物，是與「詩聖」杜甫、「詩仙」李白、「詩佛」王維齊名的唐代著名詩人。是繼屈原、李白之後，中國文學史上又一位頗享盛譽的浪漫主義詩人。但其 27 歲而卒，也

是一位短命的天才。

A.「詩道」　B.「詩鬼」　C.「詩魔」　D.「詩怪」

═══ 初四 ═══

泊秦淮

[唐]杜牧

煙籠寒水月籠沙，夜泊①秦淮②近酒家。
商女③不知亡國恨，隔江猶唱後庭花④。

📖 注釋

①泊：停泊。②秦淮：河名，流經今江蘇省南京市秦淮區。
③商女：以賣唱為生的歌女。④後庭花：〈玉樹後庭花〉的簡
稱。南朝陳叔寶溺於聲色，作此曲與後宮美女尋歡作樂，終致
亡國。此曲為亡國之音的代表。

📖 譯文

煙霧籠罩秋水，月光籠蓋白沙，小船夜泊秦淮，靠近岸邊
酒家。

歌女賣唱為生，哪知亡國之恨，隔著淮河輕唱，〈玉樹後庭
花〉。

📖 賞析

　　唐朝末年，政治腐敗，藩鎮割據，詩人夜泊秦淮時，眼見當權者們的窮奢極欲，觸景感懷。全詩既有對歷史的深刻思考，又有對現實的深切隱憂，表現了詩人不忘歷史教訓、憂國憂民的思想感情。

　　首句寫景，勾勒出柔和幽靜的秦淮夜色。用兩個「籠」字，把「煙」、「水」、「月」和「沙」和諧地融合在一起。一個「寒」字，不但讓人想到時值深秋，而且在心頭掠過一絲寒意。詩人用清淡的筆墨，描繪輕輕的暮靄，淡淡的月光，顯示出秦淮河一帶特有的清幽、朦朧、夢幻、冷寂。次句點題，「夜泊秦淮」點出時間、地點，以「近酒家」引發思古之幽情，主次分明，重點突出。雖然唐朝都城不在這裡，但金陵秦淮河一帶一直是權貴富豪遊宴取樂之地，兩岸酒家林立。「酒家」讓人感知燈紅酒綠，醉生夢死，處處瀰漫著靡靡之音。

　　後兩句運用曲筆方式，蘊含詩人對世道的感慨。「商女」是侍候他人的歌女，客人讓她唱什麼她就唱什麼，雖然也是「不知」，但真正「不知」的是那些正在欣賞和陶醉其中的貴族、官僚、豪紳。如今國勢衰微，藩鎮割據，這些人又與南朝荒淫誤國的陳後主有什麼兩樣呢？「隔江」二字暗含深意，是指當年隋兵陳師江北，一江之隔的南朝小朝廷危在旦夕，而陳後主依然沉溺聲色。「猶唱」二字巧妙地將歷史與現實連結在一起，彷彿

當年一曲〈玉樹後庭花〉至今還在，餘音未絕。〈玉樹後庭花〉自然是「亡國恨」，詩人藉陳後主之事，深刻而犀利地鞭笞權貴們在國事衰頹之年，還沉溺於聲色，可恥可悲可嘆。

📖 **拓展** ···

　　南朝皇帝陳叔寶寵幸貴妃＿＿＿＿＿，不理朝政，整日飲酒賦詩。其作〈玉樹後庭花〉：「麗宇芳林對高閣，新裝豔質本傾城；映戶凝嬌乍不進，出帷含態笑相迎。妖姬臉似花含露，玉樹流光照後庭；花開花落不長久，落紅滿地歸寂中！」寫後宮嬪妃們嬌嬈媚麗，堪與鮮花比美，其詞哀怨靡麗，後來成為亡國之音的代稱。但陳後主奢侈的日子十分短暫，前後不足七年。

A. 潘玉兒　　B. 徐昭佩　　C. 楊麗華　　D. 張麗華

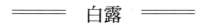

白露

月夜憶舍弟①

[唐] 杜甫

　　戍鼓②斷人行③，邊秋一雁④聲。
　　露從今夜白，月是故鄉明。
　　有弟皆分散，無家問死生。
　　寄書長不達⑤，況乃⑥未休兵。

📖 注釋

①舍弟：家弟。杜甫四弟分別是杜穎、杜觀、杜豐、杜占。
②戍（ㄕㄨˋ）鼓：古時守邊軍上所擊的鼓聲。③斷人行：隔斷人行，指宵禁。④一雁：孤雁。比喻兄弟分散。⑤長不達：一直送不到。⑥況乃：況且，何況。

📖 譯文

戍樓的更鼓聲說明開始宵禁，邊塞的秋夜裡傳來孤雁哀鳴。
從今夜開始進入了白露節氣，月亮還是故鄉的才最為明亮。
我的弟弟們都各自分散四方，家都沒了也不知道他們生死。
寄往洛陽的家書一直送不到，況且現在的戰亂還尚未停止。

📖 賞析

安史之亂爆發後，杜甫身在秦州，杜穎、杜觀、杜豐、杜占幾位弟弟分散在山東、河南一帶，由於戰亂阻隔，音信不通，引發杜甫對舍弟們強烈的憂慮和思念，在夜裡對月思人，也概括了安史之亂帶給廣大人民悲慘的遭遇。

首聯描繪了一幅邊塞秋天的圖景，渲染濃重悲涼的月夜氛圍。「戍鼓」聲聲，開始宵禁，說明已到夜黑時分，「邊秋」是邊塞的秋天，杜甫在西元 759 年立秋後西去秦州，即今甘肅省天水市一帶，開始漂泊的生活。在邊塞秦州聽到「雁聲」和「戍

鼓」，不免心中湧起無限淒涼。

頷聯使用借景抒情的手法，點明時令。白露是二十四節氣之一，夜晚寒意襲人，思親情緒油然而生。「露從今夜白，月是故鄉明」一句的意思是露水從今夜開始更涼、更白，月亮還是故鄉的最圓、最亮，這裡的景象融入了詩人的主觀感受，是詩人思親、思鄉情感的真實展現。

頸聯由望月轉入抒情，層層遞進，令人倍感淒涼。「有弟皆分散」說明弟兄們四散各地，表達戰亂的殘酷。「無家問死生」進一步說家已無存，互相間都無從得知死生的訊息。家是親人們感情的掛念、避風的港灣、心靈的田園、親情的紐帶，如今家已蕩然無存，兄弟生死難卜，令人焦慮不安，肝腸寸斷。

尾聯進一步抒發詩人內心的憂慮之情。親人們居無定所，平時寄書尚且常常不達，更何況戰事頻繁，生死茫茫當然更難預料。「憶舍弟」情真意切，感人至深。全詩字字憶弟，句句有情，千思萬緒從詩人筆下奔湧而出。

📖 拓展

詩中「未休兵」是指此時叛將史思明正與唐將李光弼激戰，史稱＿＿＿＿。西元 758 年九月至次年三月，朔方節度使郭子儀、河東節度使李光弼等九位節度使率各部唐軍圍攻今河北省邯鄲，但九路兵馬被狂風驚散潰敗，郭子儀退至河陽橋，李光弼

返回太原，其餘節度使各回本鎮，洛陽被史思明占領。

A. 洛陽之戰　B. 睢陽之戰　C. 鄴城之戰　D. 范陽之戰

初六

宿建德江①

[唐] 孟浩然

移舟②泊煙渚③，日暮客④愁新。
野曠⑤天低樹⑥，江清月近人⑦。

📖 **注釋**

①建德江：指新安江流經今浙江省杭州市建德市的一段。
②移舟：劃動小船。③渚（ㄓㄨˇ）：水中間的小塊陸地。④客：
指詩人自己。⑤野曠：荒野空闊。⑥天低樹：天幕低垂，好像
和樹木相連。⑦月近人：倒映在水中的月亮更靠近人。

📖 **譯文**

划船停靠在煙霧瀰漫的小洲邊，傍晚時分我又增添了幾分
憂愁。

荒野空闊天空好像和樹木相連，清江水中倒映的明月離人
更近。

📖 賞析

　　此詩作於孟浩然第一次赴長安應試不中之後，唐玄宗對其詩文不悅，放歸襄陽。孟浩然輾轉於吳越之間，透過對眼前所見景物的描寫，把詩人內心的憂愁苦悶寫得淋漓盡致。

　　首句點題並為抒情做準備。此時詩人以漫遊吳越排遣仕途失意的鬱悶。建德江是新安江流經建德的一段，詩人羈旅夜泊，移舟近岸，岸上卻煙霧瀰漫，渲染出一種迷濛的氣氛。次句是詩人此刻的心情，是全詩抒情的基調。「日暮」顯然和上句的「泊」與「煙」有連繫，因為「日暮」，「舟」需求停宿，因為「日暮」才呈現煙霧繚繞。本應停下行船，靜靜地休息一夜，消除旅途的疲勞，誰知這種景物反而增添了詩人的憂愁。「客愁新」是羈旅之愁又驀然而生，「日暮客愁新」一句將承、轉兩重意思揉合在一起了。

　　後兩句對仗工整，格調渾成，用虛實相稱來反襯愁緒。第三句寫日暮時刻，暮色蒼茫，曠野無邊，抬眼望去，遠處的天空顯得比近處的樹木還要低，「低」和「曠」是相互依存、相互映襯的。第四句則寫明月升空，高高地掛在天上，倒映在澄清的江水中，和「舟」中的人是那麼近，「近」和「清」也是相互依存、相互映襯的。

　　詩人言愁而不說破，只留下這「野」、「天」、「樹」、「江」、「月」和「人」六個景觀，戛然而止，是對羈旅的惆悵？是對故

鄉的思念？是對仕途的失意？還是對理想的期待？任憑讀者去聯想。

📖 拓展

西元 727 年，孟浩然已經三十八、九歲，第一次趕赴長安進行科舉考試。然而，科舉不中。但他有幸結識了詩人兼畫家的_____，並為孟浩然畫了一幅畫像，兩人成為忘年之交，後來二人共同的藝術成就代表了新的唐詩流派。

A. 顏真卿　B. 王維　C. 柳公權　D. 張旭

═══ 初七 ═══

秋夜寄邱員外①

[唐] 韋應物

懷君屬②秋夜，散步詠涼天。
空山松子落，幽人③應未眠。

📖 注釋

①邱員外：名丹，蘇州嘉興人。一作「丘員外」。②屬：恰好遇到。③幽人：幽隱之人，隱士。此處指邱員外邱丹。

📖 **譯文** ⋯⋯⋯⋯⋯⋯⋯⋯⋯⋯⋯⋯⋯⋯⋯⋯⋯⋯⋯⋯⋯⋯⋯⋯⋯⋯⋯⋯⋯⋯

適逢深秋的夜晚懷念起你，散步詠嘆這般清涼的秋天。

空寂山中不時有松子掉落，試想員外應該還未睡眠吧。

📖 **賞析** ⋯⋯⋯⋯⋯⋯⋯⋯⋯⋯⋯⋯⋯⋯⋯⋯⋯⋯⋯⋯⋯⋯⋯⋯⋯⋯⋯⋯⋯⋯

這是一首懷人詩，是韋應物的五絕代表作之一。邱丹邱員外排行二十二，此詩又作〈秋夜寄邱二十二員外〉。詩人從自己秋夜散步，推想友人亦應未眠，寫出兩心相通，感情深厚。表現詩人對朋友的思念以及此時自己的孤寂之情。全詩從容下筆，淡淡著墨，意境空靈，言簡情深，使人感到韻味悠長，玩味不盡。

前兩句寫詩人自己，即懷念友人之人，是實寫。「懷君屬秋夜，散步詠涼天。」點明季節是秋天，時間是夜晚，展示出詩人重感情、思朋友、邊散步邊想朋友的謙謙君子形象。「秋夜」之景寒風蕭瑟，夜靜山空，與憂傷淡雅的「懷君」之情彼此映襯。詩人漫步在涼風習習的秋天，其中悠閒「散步」，可照應「懷君」，「涼天」暗合「秋夜」，承接自然，語淡而情濃，言短而意深。

後兩句突然一轉，觸景而聯想到遠方友人，是虛寫。友人此時正在臨平山學道，想必秋山中一片空寂，可以聽到松子落地的聲響。在如此幽寂的環境中，他應該還沒有進入夢鄉吧。「空山松子落」一作「山空松子落」（南宋洪邁《萬首唐人

絕句》），遙承「秋夜」和「涼天」，是從眼前的涼秋之夜，推想友人所居之處的秋聲。第四句「幽人應未眠」，承接「懷君」和「散步」，是從自己正在懷念友人，正在徘徊，推想對方也應該未眠，這是千里神交。這兩句構思巧妙，出於想像又不脫離現實，既是從前兩句而出，又是前兩句詩情的深化。

📖 拓展

韋應物早年豪縱不羈，橫行鄉里，15 歲為唐玄宗近侍，出入宮闈，因目睹安史之亂時，玄宗奔蜀，貴妃刺死，讓他從大唐迷夢中徹底驚醒，開始發奮讀書，立志報國，用自身行動詮釋了浪子回頭金不換的精神。從西元 781 年到 783 年，韋應物接連升職，晚年任_____。在任上勤政愛民，並時時自我警醒，以至於他離任時竟一貧如洗，甚至無回京的路費，寄居於無定寺而終。

A. 蘇州刺史　B. 杭州刺史　C. 連州刺史　D. 江州刺史

══ 初八 ══

江樓感舊

［唐］趙嘏

獨上江樓思渺然^①，月光如水水如天^②。
同來望月人何處？風景依稀^③似去年。

📖 注釋 ┈┈┈┈┈┈┈┈┈┈┈┈┈┈┈┈┈┈┈┈┈┈┈┈┈┈┈┈┈┈┈┈┈┈

　　①思渺（ㄇ一ㄠˇ）然：思緒悵惘的樣子。②水如天：水天一色。③依稀：彷彿，好像。

📖 譯文 ┈┈┈┈┈┈┈┈┈┈┈┈┈┈┈┈┈┈┈┈┈┈┈┈┈┈┈┈┈┈┈┈┈┈┈┈┈

　　獨自登上江邊高樓思緒悵惘，月光與江水交相輝映水天一色。昔日同來賞月的人身在何方？好像這裡的風景還與去年一樣。

📖 賞析 ┈┈┈┈┈┈┈┈┈┈┈┈┈┈┈┈┈┈┈┈┈┈┈┈┈┈┈┈┈┈┈┈┈┈┈┈┈

　　這是一首紀遊詩。詩人在江邊一處樓臺舊地重遊，懷念友人，寫了這首感情真摯的懷人之作。末二句「同來望月人何處？風景依稀似去年」與崔護「人面不知何處去？桃花依舊笑春風」有異曲同工之妙。

　　前兩句寫登樓所見。在一個清涼寂靜的夜晚，詩人獨自登上江邊的小樓。「獨上」表明一個人上樓，透露出詩人寂寞的心境。「思渺然」三字，表達此時詩人思緒悵惘，具體地表現出他那凝神沉思的情態。為「感舊」埋下了伏筆。詩人登上「江樓」，放眼望去，天空清朗幽美，銀色的月光傾瀉在波光蕩漾的江面上，水天無垠，空闊無邊。環境的空曠冷落更加重了詩人情思落寞的心境。兩個「如」字，兩個「水」字，這種疊字迴環的技巧，把水鄉月夜那種天光、月影、水色三者渾然一體的景色描

繪得形象逼真，且與詩人的心境相互映照。

後兩句寫登樓所想。第三句用設問的方式引起情感上的波瀾，往事可能是不堪回首的。「同來」與第一句「獨上」相應，巧妙地暗示故地重遊，今昔不同的情懷。昔日一同登樓賞月者不知已經漂泊何方，而詩人卻又輾轉隻身來到江樓，如今樓閣依舊，風景依舊。

詩中沒有確指「同來望月人」是家人、情人還是友人，可任憑讀者想像。不過，詩人卻有著一段悲情故事，趙嘏在考取進士的前一年中元節，愛妾在家鄉的鶴林寺進香時被當地官員看中，強行拉走，頓感悽慘欲絕。後來地方官得知趙嘏高中進士，將其愛妾送回來，夫妻兩人抱頭痛哭一夜。然而，世事難料，這位整整哭了一夜的愛妾，第二天竟然香消玉殞，再也沒能醒過來。

📖 拓展

趙嘏（ㄍㄨˇ）考取進士的那年秋天，登城遊覽京城長安，憑高而望，眼前淒冷清涼的雲霧緩緩飄遊，寫了一首七律〈長安秋望〉，其中有「殘星幾點雁橫塞，長笛一聲人倚樓」之句被大詩人＿＿＿＿看到，當即大為欣賞，並稱趙嘏為「趙倚樓」。

A. 杜牧　B. 李商隱　C. 常建　D. 白居易

初九

嫦娥①

[唐]李商隱

雲母屏風②燭影深，長河③漸落曉星④沉⑤。
嫦娥應悔偷靈藥⑥，碧海青天夜夜心⑦。

📖 注釋

①嫦娥：傳說中后羿的妻子，後從人間飛升到月亮。②雲母屏風：以雲母石製作的屏風或窗戶。③長河：銀河。④曉星：晨星。⑤沉：降落，沉沒。⑥靈藥：指傳說中長生不死的仙藥。⑦夜夜心：指嫦娥因為孤獨而夜夜悔恨。

📖 譯文

燭影深深地映在雲母石做的屏風上，銀河漸漸落下晨星隨之消失。

嫦娥應當後悔偷吃了長生不死仙藥，面對碧海青天夜夜孤獨悔恨。

📖 賞析

詩題是〈嫦娥〉，但並非詠月中嫦娥，似是描寫和嫦娥的處境、心情相仿的詩人內心的感受。

前兩句描繪詩人所處的環境和夜中不寐的情景。首句「雲母屏風燭影深」寫室內雲母屏風上籠罩著一層深深的燭影，說明詩人一夜無眠，越發顯出室內的空寂清冷。次句「長河漸落曉星沉」寫窗外銀河逐漸下移垂落，寥落晨星彷彿默默無言地隱沒。「燭影深」、「長河落」和「曉星沉」都表明時間在推移，天色已到將曉而未曉之際，流露出詩人在長夜裡獨坐的黯然心境。詩人沒有寫明月，但此時將曉而未曉的天空中應該只有月亮的光芒沒有消散，側面渲染了青天孤月的畫面。

後兩句描寫廣寒宮中嫦娥在漫漫長夜中獨守的心理活動，永無止境，淒涼孤寥。在同樣孤寂的詩人眼裡，這孤居廣寒宮殿、寂寞無伴的嫦娥，其處境和心情不正和自己相似嗎？從「應悔」二字來看，是詩人同病相憐的揣度，揣度月中的嫦娥想必也懊悔當初偷吃了不死藥，以致年年月月、日日夜夜幽居月宮，只能面對這碧海青天，心情一定是孤苦寂寞、無限傷感的吧。當初執著的追求，看似幸運的背後卻是始料未及的冷清。

寫嫦娥可能也是寫自己，詩人身處「牛李黨爭」的宦官專權時期，朝廷官員中反對宦官的大都遭到排擠打擊。李商隱看似仕途風光的背後，一生都處於「牛李黨爭」的夾縫之中，自然鬱鬱不得志。詩人在感情方面又不得善終，是孤苦漂泊的一生。

📖 拓展

嫦娥是中國上古神話中的仙女，嫦娥原名姮娥、恆娥，因犯＿＿＿＿忌諱而改名嫦娥。「嫦娥奔月」神話源自古人對月亮的崇拜，民間有其多種傳說以及詩詞歌賦流傳，多以鮮明的態度和絢麗的色彩歌頌、讚美嫦娥。

A. 漢武帝　B. 漢惠帝　C. 漢文帝　D. 漢景帝

═══ 初十 ═══

峨眉山①月歌

〔唐〕李白

峨眉山月半輪秋②，影入平羌③江水流。

夜發清溪④向三峽，思君不見下⑤渝州⑥。

📖 注釋

①峨眉山：在今四川省峨眉山市西南，有兩座山峰相對，望之如蛾眉，故名。②半輪秋：上弦秋月形似半個車輪。③平羌：即青衣江，大渡河的支流，在今四川省中部峨眉山東北。④清溪：指清溪驛，在今四川省樂山市犍（ㄑㄧㄢˊ）為縣，在峨眉山附近。⑤下：順流而下。⑥渝州：唐代州名，屬劍南道，治所在巴縣（今重慶市境內）。

譯文

　　峨眉山上懸掛著半輪明月，月影倒映在澄澈的平羌江水面上。

　　夜裡從清溪出發去往三峽，想你而不得見就順流去往渝州了。

賞析

　　李白辭親遠遊，初次離開蜀地，開始了長期的漫遊生活。這首詩是寫他離開四川途中對家鄉的依戀，展現了一幅千里江行圖，意境明朗，音韻流暢，聲調鏗鏘，詞語搭配新奇。

　　詩中連用了五個地名，極為少見，詩人依次經過的地點是：峨眉山→平羌→清溪→三峽→渝州，詩境就這樣漸次展開。首句點出遠遊的時令是在秋天。「峨眉山月」也是故鄉之月，上弦月大概在農曆初八之後，這時我們可以看到月亮明亮的半面，這時的月相叫「上弦」。上弦月只能在前半夜看到，半夜時分便沒入西方。「影入平羌江水流」寫月夜中江水之美，楚楚動人，「入」和「流」兩個動詞說明也只有觀者順流而下，才會看到「影入江水流」的妙景。此時的詩人夜晚還在行船，與故鄉漸行漸遠，明月最能寄相思，詩人思鄉的愁緒淡淡湧出。

　　後兩句足見李白的詩詞功夫，王士禎稱此詩是太白佳境。「夜發清溪」是實寫，若由「清溪」直接寫到「渝州」，則成地名

羅列，索然無味，而「三峽」卻是在虛實之間，作為地名，「三峽」屬實，但此「三峽」是指哪個三峽，詩人並沒有交代，無疑它又在想像之中。末句「思君不見下渝州」道出「見不到君」的無限情思，可謂語短情長。全詩意境清朗優美，語言淺近，自然天成，為李白膾炙人口的名篇之一。

📖 拓展

據《樂山縣誌》記載，「三峽」指今四川省樂山市嘉州小三峽：犁頭峽、背峨峽、平羌峽，清溪在犁頭峽之上游。大三峽指長江三峽：瞿塘峽、＿＿＿＿＿、西陵峽。

A. 虎跳峽　　B. 龍泉峽　　C. 金口峽　　D. 巫峽

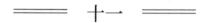

十一

過三閭廟①

[唐] 戴叔倫

沅湘②流不盡，屈子③怨何深④。

日暮秋煙⑤起，蕭蕭⑥楓樹林。

📖 注釋

①三閭（ㄌㄩˊ）廟：即屈原廟，因屈原曾任三閭大夫而得名，在今湖南省嶽陽市汨羅市境。題目又作〈題三閭大夫廟〉。

②沅（ㄩㄢˊ）湘：指湖南的沅江和湘江，也是屈原詩篇中常常詠嘆的兩條江流。③屈子：指屈原，主張對內舉賢能，修明法度，對外力主聯合齊國對抗秦國，後因遭貴族排擠，被流放沅、湘流域。④何深：多麼深。⑤秋煙：一作「秋風」。⑥蕭蕭：形容風吹樹木發出的聲響。

📖 譯文

沅江湘江滾滾向前滔滔不盡，屈原的悲憤似江水一樣深沉。

日暮時分一陣秋風颯颯吹起，廟裡的楓樹林一片蕭蕭聲音。

📖 賞析

詩人經過長沙府湘陰縣北的三閭廟，江上秋風發揮，楓葉飄搖落，睹物思人，憑弔 1000 多年前楚國的詩人、政治家屈原。透過對三閭廟周圍景色的描寫，表現了詩人對屈原悲慘遭遇的同情，抒發了無盡的懷念之情。

前兩句以沅江和湘江的滔滔不絕，無窮無盡，來比喻詩人屈原的怨恨之深。屈原是中國歷史上偉大的愛國詩人，中國浪漫主義文學的奠基人，屈原創作的《楚辭》，象徵著中國詩歌進入了一個由大雅歌唱到浪漫獨創的新時代。可是，屈原投江之後，已經無處可以呼喚他的歸來。詩人用「怨」字點明愁怨好似沅江、湘江的江水一樣深沉，圍繞一個「怨」字，用「何深」表明怨之深重，抒發對屈原其人其事的無限感懷。因為屈原的《離

騷》、《九章》、《九歌》、《天問》等，都散發著熾熱的愛國主義思想感情，屈原在政治鬥爭中堅持理想、寧死不屈、追求真理的精神為後世所景仰。

後兩句含蓄地表達了一種感慨不已、哀思無限的憑弔懷念之情。末尾兩句化用屈原《九歌》與《招魂》中的詩句：「裊裊兮秋風，洞庭波兮木葉下」，以及「湛湛江水兮上有楓，目極千里兮傷春心。魂兮歸來哀江南！」之句。季節是「秋風發揮」的深秋，時間是「日暮」，景色是「楓樹林」，再加上「蕭蕭」這一疊詞的運用，更覺幽怨不盡，追思無限。秋風蕭瑟，景象淒涼，一片慘淡氣氛，詩人融情入景，使讀者不禁陷入感慨和沉思。

📖 拓展

屈原提倡「美政」，主張對內舉賢任能，修明法度，對外力主「聯齊抗秦」。據司馬遷《史記·屈原賈生列傳》載，屈原曾任楚國的官職_____，對內「與王圖議國事，以出號令」，對外「接遇賓客，應對諸侯」。

A. 令尹　　B. 左徒　　C. 太僕　　D. 司馬

十二

中秋月（其二）

[唐] 李嶠

圓魄①上寒空，皆言四海②同。

安知③千里外，不有雨兼風。

📖 注釋

①圓魄：指中秋圓月。②四海：全國上下。③安知：哪裡知道。

📖 譯文

中秋圓月升上寒冷夜空，都說四海之內月色一樣。

哪裡知道遠在千里之外，那裡不會是疾風驟雨呢。

📖 賞析

古代詩歌中寫月的詩句、辭賦不勝列舉。尤其是寫中秋月的最多，或望團圓之月，思念離別之人；或親朋聚於月下，享受團圓之情。李嶠的〈中秋月〉是組詩，共兩首，第一首講述月亮在遙遠的天空中，它總在不斷變化，只有吹在月亮上的東風是亙古不變的，丹桂從來沒有一根枝椏長到月亮外面來破壞月亮的美感。這首廣為流傳的「圓魄上寒空」是〈中秋月〉組詩中

的第二首，詩句與以往不同，藉著詠中秋的月亮，重在說理，提出了一種新的看法，讓人耳目一新。

首句展現出夜晚天氣晴朗，明月當空，冰清玉潔，天地之間充斥著皎潔明亮的月光。用「圓魄」比喻月亮，「圓」是其形態，「魄」是其精神，「寒空」點明八月十五仲秋時節。緊接著第二句「皆言四海同」引出人們普遍的認知。「皆」統稱一般的人，由「言」，匯出議論，為下面的說法提出源頭。古人限於認知條件和能力，看到皓月清輝，瀰漫天宇，便誤以為普天之下莫不如此。現在看來這種想法自然是主觀的、片面的、表面的，但如同地球是平的還是圓的，觀念的轉變需求歷史檢驗和人為推動。詩人認為人們以此時此地皓月當空而想像四海皆同，是以此代彼、以偏概全的說法。

後兩句「安知千里外，不有雨兼風。」以反詰語出之，實為肯定之意。曹植在〈泰山梁甫行〉就有過「八方各異氣，千里殊風雨」之句。詩中「千里外」是空間的跨度，「雨兼風」可實指微風細雨、狂風暴雨、疾風驟雨，也虛指人生無常和艱辛。詩人藉此提出，你怎麼會知道千里之外的世界，沒有風雨交加呢？以詠月為題，卻揭示了一個道理：世上的事千差萬別，千變萬化，千奇百怪，不可能千篇一律。

拓展

李嶠在西元 698 年至 706 年期間曾三度拜相，後因追究「韋后之亂」時以「身為宰相，不能匡正」而被貶。李嶠是武后、中宗時期的文壇領袖，與杜審言、崔融、蘇味道並稱＿＿＿＿＿＿，其詩作在中唐時期隨遣唐使東渡至日本。

A.「文章宿老」　　B.「文章四友」　　C.「初唐四傑」　　D.「四大賢相」

＝＝ 十三 ＝＝

月夜

［唐］杜甫

今夜鄜州①月，閨中②只獨看③。

遙憐小兒女，未解④憶長安。

香霧⑤雲鬟⑥溼，清輝玉臂寒。

何時倚虛幌⑦，雙照⑧淚痕乾。

注釋

①鄜（ㄈㄨ）州：今陝西省富縣。②閨中：指女子所住的地方，內室。③看：一為讀一聲，一為讀四聲，遙看。④未解：尚不懂得。⑤香霧：意指香氣從塗有膏沐的頭髮中散發出來。

⑥雲鬟（ㄏㄨㄢˊ）：高聳的環形髮髻，泛指烏黑秀美的頭髮。
⑦虛幌（ㄏㄨㄤˇ）：透明的窗帷。⑧雙照：月光照著倆人，表示對未來團聚的期望。

📖 **譯文**

今夜鄜州上空的那輪圓月，只有你在閨房中獨自遙看。

遙想天真幼稚的小兒女們，尚不懂得望月懷人的心情。

你那烏黑芬芳的頭髮已溼，如玉的臂膀浸透月光清寒。

何時才能和你一起倚著窗，讓月光照著我倆直待淚乾。

📖 **賞析**

首聯點明時間、地點，構思獨特，曲折婉轉。「鄜州」是詩人妻子所在的地方，「閨中」指代妻子。明明是詩人在長安望月，思念妻子和家人，卻從對方著筆，想像遠在鄜州的妻子正獨自望月，思念長安的丈夫之情景。

頷聯用小兒女的「不解」襯托妻子「獨看」的心情，並點明「獨看」在於「憶長安」。因為安史之亂前後，杜甫困居長安十年，其中有一段時間，是與妻子在一發揮度過的，曾一同觀賞長安的明月，這自然就留下了深刻的記憶。故說「遙憐」和「未解」，小兒女們還小，天真幼稚，還不能理解父母望月懷人的心情。

頸聯藉由想像妻子獨自望月的形象描寫，進一步表現「憶長安」。詩人想像妻子望月久立，頭髮霧溼，玉臂清寒，襯托出大人們之間的思念深情，更顯出夫妻之間深厚的愛意，也顯示出詩人對妻子獨居孤村的憐惜。

尾聯則表達夜深不寐的時候，自己也不免傷心落淚。兩地看月而各有淚痕，何時才能從「獨看」到「雙照」？何時才能坐在一起，讓月光的清輝透過窗帷照在我們掛有淚痕的臉龐上？到那時，想起當年的孤獨是多麼的難捱，今日的重逢是多麼的可貴啊！

📖 拓展

西元 756 年的六月，長安被安史叛軍攻陷，玄宗逃蜀，杜甫不得不帶著自己的一家老小加入了難民隊伍。他將妻子和兒女安置在鄜州的羌村後，得知肅宗在靈武即位，隻身前往，在路途上被_____隊伍所俘，押解到長安。當年八月，杜甫被囚禁長安時，望月思家而作此詩。

A. 唐肅宗　B. 叛軍　C. 唐玄宗　D. 官軍

十四

望月懷遠①

[唐] 張九齡

海上生明月，天涯共此時。
情人②怨遙夜③，竟夕④發揮相思。
滅燭憐⑤光滿⑥，披衣覺露滋⑦。
不堪盈手⑧贈，還寢夢佳期⑨。

📖 **注釋**

①懷遠：懷念遠方的人。②情人：多情的人。③怨遙夜：抱怨夜長。④竟夕：終夜，通宵。⑤憐：愛惜。⑥光滿：月光滿屋。⑦露滋：夜露寒涼。⑧盈手：滿手。⑨佳期：美好時光。

📖 **譯文**

海面上新升起一輪明月，此時你我天各一方共賞。
有情的人抱怨月夜漫長，思念懷想以致整夜無眠。
滅燭後憐愛滿屋的月光，夜露寒涼起身披上衣衫。
不能滿手捧起月光贈你，不如夢裡共度美好時光。

📖 賞析

　　首句「海上生明月，天涯共此時」意境雄渾，景色壯闊，是傳誦至今的千古佳句。站在茫茫海邊，看著海面上升起一輪明月，此時詩人想起了親人，想像中親人也在天涯共看著這輪明月。「情人怨遙夜，竟夕起相思」，刻劃多情的人在這漫漫月色中，因月的清輝最易引入相思，相思導致夜不能眠，這一聲「怨遙夜」蘊含著無限深沉的感情。

　　後四句處處展現情深意切，描寫細緻入微。「滅燭」正是為了欣賞月光，「披衣」則是為了追尋月亮。夜已深了，天氣要更涼一些，秋日的露水也沾溼了身上的衣衫。這裡的「滋」字不僅是潤溼，而且暗含滋生之意，詞語搭配極妙，細緻地寫出深夜對月不眠的實情實景。但月光雖可愛，卻不能用手捧，更不能相餽贈，既然這美麗的月光「不堪盈手贈」，不如入夢，希望能在夢裡與你共度一段美好的時光。

　　人生難得是歡聚，唯有別離多。人們總是在不斷地告別、分離，告別和分離是人生百味中最苦的一味，「情人怨遙夜，竟夕發揮相思」實屬無奈。全詩構思巧妙，借景抒情，虛實結合，氣韻純厚，意境清新。既寫出彼此共對皓月之境，巧妙地把寫景和抒情融合起來，又蘊含懷遠之情，也為讀者留下豐富的想像空間。

拓展

張九齡是唐朝開元年間的宰相、政治家、文學家、詩人，西漢＿＿＿＿＿之後代，在朝中任宰相期間，提出以「王道」替代「霸道」的從政之道，強調保民育人，反對窮兵黷武，後遭李林甫誹謗排擠，於開元二十四年（西元 736 年）罷相。這首〈望月懷遠〉應寫於張九齡遭貶至荊州長史以後。

A. 張倉　B. 張騫　C. 張湯　D. 張良

中秋

陽關曲·中秋月

[北宋] 蘇軾

暮雲收盡溢①清寒②，銀漢③無聲轉玉盤④。

此生此夜不長好，明月明年何處看。

注釋

①溢：滿出。此處指月色如水。②清寒：清朗而有寒意。③銀漢：銀河。④玉盤：此處指月亮。

譯文

夜幕下雲氣散去，月色清朗而有寒意，月亮隨銀河運轉悄悄升起。

這樣美好的夜晚，一生之中不會常在，明年將在何處觀賞明月呢。

📖 **賞析**

此詞作於蘇軾與其弟蘇轍七年來首度相見時的中秋夜。當時，蘇轍陪他同赴徐州，八月中秋之後方才離去。這次兄弟相聚後共度中秋，共賞明月，不久即將分別，蘇軾寫下了這首詞，抒發了聚後不久又要分手的哀傷與感慨。

首句從「暮雲」寫起，用筆富有新意，明月先被雲層遮住，夜間的環境一定是黑暗的，一旦「暮雲收盡」，月光傾灑而下，才顯得月到中秋分外明。此處用「收」字更富有一層靜謐動態的意境，而「溢」字則有月光如水、水滿則溢的感覺，給予人動態的想像。在這寂靜之夜，月朗星稀，「銀漢無聲」緩緩移動，天空浩渺、天宇空闊的感覺便由此傳出。「白玉盤」取自李白的〈古朗月行〉「小時不識月，呼作白玉盤」之句。這兩句並沒有寫賞月之人，但全是賞心悅目之意，而人自在其中。

後兩句由眼前之景轉到「此生」感慨和「明年」企盼。詩人說我這一生中每逢中秋之夜，月光多為風雲所掩，很少碰到像今天這樣的美景，真是難得啊！可明年的中秋我又會到何處觀賞月亮呢？「此生此夜」與「明月明年」作對，字面工整，「明月」之「明」與「明年」之「明」，音同而意不同，實是妙手偶得。

　　寫此詞的前一年（西元 1076 年）中秋，蘇軾在密州時還寫了著名的〈水調歌頭‧明月幾時有〉，在詞前的序言中說：「丙辰中秋，歡飲達旦，大醉，作此篇，兼懷子由。」「子由」即蘇轍。一年後（西元 1077 年）的這首小詞從月色的美好寫到兄弟歡聚的愉快，又從此時月色推想到明年中秋，歸結到離別之情，境界高遠，語言清麗，格調清新，意味深長。

📖 拓展

　　中秋能與兄弟朋友相聚賞月，是人生一大幸事。「中庭地白樹棲鴉，冷露無聲溼桂花。今夜月明人盡望，不知秋思落誰家」是唐代詩人_____創作的一首以中秋月夜為內容的七絕，這首〈十五夜望月寄杜郎中〉也是詩人在一次中秋佳節與朋友相聚時所作。全詩精練含蓄、情誼深長，千百年來一直感染著許多人。「今夜月明人盡望，不知愁思落誰家」成為這首詩中千古流傳的佳句。

　　A. 張籍　　B. 王維　　C. 常建　　D. 王建

═══ 十六 ═══

水調歌頭‧明月幾時有

[北宋] 蘇軾

　　明月幾時有？把酒①問青天。不知天上宮闕②，今夕是何年？我欲乘風③歸去，又恐瓊樓玉宇④，高處不勝⑤寒。起舞弄清

影⑥，何似⑦在人間？

　　轉朱閣⑧，低綺戶⑨，照無眠⑩。不應有恨，何事長向別時圓？人有悲歡離合，月有陰晴圓缺，此事古難全。但願人長久，千里共嬋娟。

📖 **注釋** ┈┈┈┈┈┈┈┈┈┈┈┈┈┈┈┈┈┈┈┈┈┈┈┈┈┈┈┈┈┈┈┈┈

　　①把酒：端發揮酒杯。②宮闕（ㄑㄩㄝˋ）：指帝王所居住的宮殿。③乘風：駕著風，憑藉風力。④瓊（ㄑㄩㄥˊ）樓玉宇：指想像中的月中宮殿，也形容富麗堂皇的建築物。⑤不勝（ㄕㄥ）：不僅，承受不了。⑥弄清影：在月光下發揮舞，影子也隨著舞動。⑦何似：哪裡比得上。⑧朱閣：紅色華麗的樓閣。⑨綺（ㄑㄧˇ）戶：雕飾華麗的門窗。⑩無眠：沒有睡意。何事：為什麼。長向：一作「偏向」。嬋娟：形容姿態美好，用來形容女子、月亮等。

📖 **譯文** ┈┈┈┈┈┈┈┈┈┈┈┈┈┈┈┈┈┈┈┈┈┈┈┈┈┈┈┈┈┈┈┈┈

　　明月是從什麼時候開始有的？我端發揮酒杯問蒼天。不知道天上的宮殿，今天晚上是何年？我想乘著清風回到天上，又怕在那富麗堂皇的樓宇，承受不了高處的寒冷。我翩翩發揮舞玩賞月下的清影，哪像是在人間？

　　月亮轉過紅色的樓閣，低垂地掛在雕花的窗戶上，照耀著沒有入睡的人。不應該有恨，為何總在人們離別時才圓呢？人

有悲歡離合時，月有陰晴圓缺日，這種事自古以來難以周全。希望世上有情人能永遠在一起，即使天各一方，也能共賞這美好的月亮。

📖 賞析

　　詞中表達了詞人在中秋望月時對蘇轍的無限思念。一開始就提出一個問題：明月是從什麼時候開始有的？「把酒」相問，當空的明月象徵了詞人對美好事物的無限憧憬與理想。整首詞也隨之圍繞著月亮展開想像與思考，把人世間的悲歡離合納入對宇宙和人生的哲理性追尋之中。當他抬頭望月時，其思緒與情感猶如長上了翅膀，天上人間自由翱翔。幻想自己也是月中人，想「乘風」飛向月宮，又擔心那裡的「瓊樓玉宇」太高了，受不了那裡的寒冷。與其飛往高寒的月宮，還不如留在人間趁著月光「起舞」呢！

　　下闋懷人，兼懷子由。「轉朱閣，低綺戶，照無眠」，大概不能相聚的人們家家如此，「轉」和「低」都是月亮的動態，「無眠」的不僅僅是詞人一人，更是泛指那些因為不能和親人團圓以致不能入睡的人。接著言月不知有人世的愁恨，它自己忽圓忽缺也就是了，為什麼偏在人離別時圓呢？「人有悲歡離合」寫詞人對人世悲歡離合的解釋，「但願人長久」是要突破時間的局限；「千里共嬋娟」則是要打通空間的阻隔，讓明月的愛把彼此分離的人結合在一起。古人有「神交」的說法，要好的朋友、親人、情人天各一方，卻能以精神相通。

拓展

孟郊「花嬋娟，泛春泉。竹嬋娟，籠曉煙」用「嬋娟」形容姿態曼妙，蘇軾「千里共嬋娟」的「嬋娟」比喻月亮，據說「嬋娟」是＿＿＿＿的學生。

A. 屈原　B. 賈誼　C. 伯庸　D. 宋玉

═══ 十七 ═══

太常引・建康中秋夜為呂叔潛①賦

［南宋］辛棄疾

一輪秋影轉金波②，飛鏡③又重磨。把酒問姮娥④：被白髮、欺人奈何⑤？

乘風好去，長空萬里，直下看山河。斫⑥去桂⑦婆娑⑧，人道是，清光更多。

注釋

①呂叔潛：為詞人朋友。②金波：月光，亦指月亮。③飛鏡：比喻明月。④姮（ㄏㄥˊ）娥：即嫦娥，傳說中的月宮仙女。⑤奈何：怎麼辦。⑥斫（ㄓㄨㄛˊ）：砍。⑦桂：桂樹。⑧婆娑：茂盛搖曳的樣子。

📖 譯文

一輪轉動的中秋月灑下皎潔月光，好像重新磨亮的銅鏡。舉起酒杯問月中嫦娥：怎麼辦呢？白髮日益增多，欺負我拿它沒有辦法。

我要乘風飛上萬里長空，從高處俯視大好山河。砍去月中搖曳的桂樹枝杈，人們都說，這樣月亮灑下的清輝更多。

📖 賞析

全詞富有奇思妙想，運用浪漫主義的藝術手法，將古代神話傳說與現實中政治理想結合起來，表達詞人反對妥協投降，立志收復中原失地的人生理想。

上闋纏綿悱惻，傷懷念遠，感慨功業無成卻白髮增多，寄託自己的抱負和理想。詞人在中秋之夜，看到圓月皎潔，似「金波」，似「飛鏡」，一個「轉」字，一個「磨」字可見其升起之動態美。對月抒情自然想到嫦娥，「嫦娥」本稱「姮娥」，因西漢時為避漢文帝劉恆的忌諱而改稱「嫦娥」。詞人向仙人發問「被（ㄅㄟˋ）白髮、欺人奈何？」是化用薛能〈春日使府寓懷二首〉中「青春捎我堂堂去，白髮欺人故故生」的詩意。辛棄疾南歸後遭遇種種挫折和打擊，故而，上闋含有無限淒涼之意，展示了自己懷才不遇的內心衝突。

下闋壯志凌雲，更發奇想，表達盼望整個大地能被明月清

光籠罩的情感。因為中原失陷，「山河」破碎，北方大片的土地已經久久不能望見，詞人只能運用想像的翅膀，飛上天外，直入「長空」，乘風直上萬里長空，才可以俯瞰萬里壯麗「山河」。中國古代神話中認為月中有桂樹，相傳吳剛受天帝懲罰到月宮砍伐桂樹，但桂樹一邊被砍一邊癒合，天帝把這種永無休止的勞動作為對吳剛的懲罰。詞人也想像他能砍去婆娑搖曳的桂樹，不顧艱難險阻，是為了使潔白、清純的月光，更多地灑向大地，強烈地表現了詞人的現實理想與為實現理想而懷有的堅強意志。

📖 拓展

辛棄疾有「詞中之龍」之稱，與李清照是同鄉，但晚於李清照 56 年出生，中年後別號＿＿＿＿＿。與蘇軾合稱「蘇辛」，與李清照並稱「濟南二安」。辛棄疾的一生，是抗擊強敵的一生，是不得志的一生，是顛沛流離的一生，是命運多舛、壯志難酬的一生。

A. 易安居士　B. 稼軒居士　C. 軒安居士　D. 幼安居士

十八

酒泉子·長憶觀潮

[北宋] 潘閬

長①憶觀潮，滿郭②人爭江上望。

來③疑滄海盡成空，萬面鼓聲④中。

弄風者⑤向濤頭立，手把紅旗旗不溼。

別來幾向⑥夢中看，夢覺⑦尚⑧心寒⑨。

📖 注釋

①長：同「常」，常常、經常。②郭：外城。③來：指錢塘江潮水湧來時。④萬面鼓聲：指潮水聲勢震人。⑤弄風者：駕船的人。此指與潮水周旋的水手或在潮中戲水的人。⑥幾向：幾次。⑦覺：睡醒。⑧尚：還，仍然。⑨心寒：害怕，心驚膽顫，驚心動魄。

📖 譯文

我常想起錢塘江觀潮的情景，人們傾城而出爭著向江上望。

潮水湧來時好像掏空了大海，潮水聲勢震天如同萬鼓齊響。

弄潮的人迎著潮頭進行表演，手裡把弄的紅旗都沒被打溼。

離開後幾次夢到觀潮的情景，夢醒時分仍然感覺驚心動魄。

📖 賞析

　　潘閬（ㄌㄤˋ）曾因事受牽連而遭追捕，假扮僧人逃出汴京，輾轉山西，流浪到杭州、會稽一帶，後以賣藥為生。曾寫十篇〈酒泉子〉回憶杭州，此為第十篇「憶觀潮」。

　　上闋描寫當時觀潮盛況，表現蔚為壯觀的大自然現象。首兩句寫每到觀潮期，人們「滿郭」而出，爭先恐後，擁擠在錢塘江邊，萬頭鑽動，爭看潮湧。「滿郭」雖是誇張之詞，但有現實生活作為依據，傾城而出是對這種傳統觀潮盛況的真實寫照。三四句描寫當錢塘江大潮來臨時，潮頭由遠而近，飛馳而來，足見潮水之巨，感到「滄海盡成空」。「萬面鼓聲」是潮聲如雷鳴般震人心魄，將潮水渲染得有聲有色，驚險生動。詞人善於運用誇張的手法，把錢江潮湧的天下奇觀描繪得氣勢磅礴。

　　下闋描寫跟風者搏擊風浪，當時那種壯觀景象，至今還驚心動魄。「跟風者」可能是披髮紋身，手舉紅旗，腳踩潮流的表演者，他們個個身手不凡，膽大心細，化險為夷。「跟風者」不但英勇無畏，「手把紅旗旗不溼」更讓人大開眼界，連連叫好。最後兩句從回憶轉回到現實，雖離杭州已久，但那壯觀的錢江湧潮場景仍歷歷在目，詞人夢裡還能見到漲潮時的壯觀景象，「夢覺尚心寒」是醒來仍然心驚膽顫，足見觀潮時驚心動魄的場景。

拓展

錢塘江湧潮為世界一大自然奇觀，錢塘觀潮始於漢魏，盛於唐宋，已成為當地的習俗。尤其在農曆潮水最大，聲如雷鳴，排山倒海，八方賓客蜂擁而至，盛況空前。宋朝時，每到＿＿＿＿＿這一天，官民傾城出動，車水馬龍，彩旗飛舞，盛極一時，還有數百位表演者，手舉紅旗，腳踩潮流，爭先鼓勇，跳入江中，迎著潮頭前進。

A. 五月十八日　B. 六月十八日　C. 七月十八日　D. 八月十八日

十九

登快閣①

[北宋] 黃庭堅

痴兒②了卻公家事，快閣東西③倚④晚晴。

落木千山天遠大，澄江⑤一道月分明。

朱弦⑥已為佳人絕，青眼⑦聊⑧因美酒橫。

萬里歸船弄長笛，此心吾與白鷗盟⑨。

注釋

①快閣：在今江西省吉安市泰和縣。②痴兒：詩人自稱。

③東西：指在閣中四處遊覽。④倚：倚靠，此處指倚欄欣賞。
⑤澄江：一指澄江河，一指清澈的江水。⑥朱弦：用熟絲製作
的琴絃，泛指琴。⑦青眼：黑色的眼珠在眼眶中間，青眼看人
則是表示對人的喜愛或重視、尊重。⑧聊：姑且，勉強，湊合。
⑨鷗盟：形容隱居江湖的人，與鷗鳥為伴侶，表示自己決意歸
隱江湖。

📖 譯文

我辦完公事後如釋重負登上快閣，趁著傍晚晴空在快閣上
倚欄遠眺。

千山萬樹飄零顯得天地高遠遼闊，明朗的月光下江水更加
清澈空明。

知音不在已沒有弄弦彈琴的興致，見到美酒眼中才會勉強
露出喜色。

希望吹起長笛不遠萬里乘船歸鄉，我真心歸隱於江湖與白
鷗為伴侶。

📖 賞析

這是黃庭堅在泰和當縣令登上快閣時的一首即興之作。全
詩虛實結合，情景交融，表達了詩人對官場生活的厭倦，對大
自然美好景色的熱愛，對回歸自然過自由自在隱居生活的嚮往。

首聯渲染詩人如釋重負的歡快心情。「快閣東西」省略主語，詩人左顧右盼、東看西瞧的神色呼之欲出。「倚」在無邊無際的暮色晴空中，彷彿投入大自然的懷抱。頷聯是對所覽勝景的描繪，是一幅高遠明淨的秋江暮景圖。在快閣上游覽，從傍晚到明月升空，足見詩人流連忘返的興致。所見「落木」、「天」、「澄江」和「月」都有簡潔、遼闊、明靜的共同特點。「天遠大」寫出山上的落葉飄零了，浩渺的天空此時顯得更加遼遠闊大；「月分明」寫出一彎新月映照在江水中，顯得更加清澈空明。這不但是對勝景的描繪，更是對詩人胸襟的寫照。

後四句化用典故，表達詩人心情。前句用「伯牙捧琴」的故事，後句用「阮籍青眼」的典故，表達因為知音不在，我弄斷了琴上的朱弦，不再彈奏，姑且只有美酒可以解憂了。隱隱流露出擺脫「公事」束縛，歸隱江湖的願望。「萬里歸船弄長笛」與首句「痴兒了卻公家事」遙相呼應，在這樣一幅意境開闊、空曠遼遠，景象蒼茫的秋暮景色圖中，詩人真實的心願是「與白鷗盟」。

📖 拓展

俞伯牙是春秋戰國時期的楚國人，遇到樵夫鐘子期之後，俞伯牙將其視為知音。鐘子期染病去世後，俞伯牙萬分悲痛地來到鐘子期的墳前，席地而坐，用淒楚的琴聲演繹了一曲＿＿＿＿。彈畢，長嘆一聲，挑斷琴絃，悲傷地說：「摔碎瑤

琴鳳尾寒，子期不在對誰彈！春風滿面皆朋友，欲覓知音難上難。」

A.《平沙落雁》　B.《夕陽簫鼓》　C.《高山流水》　D.《漁樵問答》

秋分

長安秋望

［唐］杜牧

樓倚①霜樹②外，鏡天③無一毫④。
南山⑤與秋色，氣勢⑥兩相高。

注釋

①倚：靠著。②霜樹：指深秋時節的樹。③鏡天：像鏡子一樣明亮、潔淨的天空。④一毫：一根毫毛。指極小或很少。⑤南山：指終南山，秦嶺山峰之一，在今陝西西安南。⑥氣勢：氣象、氣派。

譯文

樓閣靠在經霜的樹木之外，天空明淨得像鏡子一塵不染。
峻拔的南山與清爽的秋色，氣勢互不相讓兩兩難分高低。

📖 **賞析** ....

　　這首詩很像一幅寫意畫，意境高遠，氣勢恢宏，從秋日遠望長安的景象，寫出了長安秋色之美，南山秋色風貌，也寫出了詩人曠達開朗的胸懷和雄姿英發的精神。

　　首句即點明地點。「樓倚霜樹外」的「倚」強調所登的高樓巍然屹立之姿態，「外」既有外邊的意思，也有上邊的意思。山上的樹最早知秋，海拔越高氣溫越低，經霜越早，落葉越早，秋天經霜後的樹木，稀稀疏疏，樹葉低垂，枝杈突兀，越發顯露出樓閣之高峻，視野之寬廣，展現「秋望」之「望」字。

　　次句寫天空。秋高氣爽，一掃陰霾，萬里無雲，天空明淨清澈，就像一面纖塵不染的鏡子。「無一毫」形容乾淨得連一根極細微的毫毛也沒有，天空看不見一絲雲影，看不見一點風塵。詩人用「霜樹」與「鏡天」襯托秋色之靜美，為人的心情帶來極度舒爽、暢快之感。

　　第三句表現秋色的高遠遼闊，同時也寫出詩人當時心曠神怡的感受和高遠澄淨的心境。「南山」峻拔秀麗，如錦繡畫屏，聳立在長安城西南。「秋色」更是五彩繽紛，黃的如金，綠的如玉，紅的如火，美不勝收。引發詩人的想像，那遠望中的「南山」與高遠無際的「秋色」一賽高低。

　　尾句表達詩人對秋色的感受。「秋色」是很難描寫的，它存在於秋天的所有景物裡，詩人卻別出心裁，用「南山」之秀反

襯「秋色」之秀，用「南山」之色襯托「秋色」之豔。藉由具體的「南山」與抽象的「秋色」之間比試，使得這首詩立刻生動起來。

📖 拓展

李白有「出門見南山，引領意無限。」王維有「空山新雨後，天氣晚來秋。」終南山雄峙長安之南，成為長安城高大堅實的依託，其中_____有六百六十里，是長安通往漢中、四川的要道，因楊貴妃愛吃荔枝，又名「荔枝道」。三國時魏延向諸葛亮進言當以此路北伐，效仿韓信「明修棧道，暗度陳倉」，但諸葛亮過於謹慎，並未採納。

A. 儻駱道　B. 子午道　C. 褒斜道　D. 隴南道

══ 廿一 ══

夜雨寄北①

[唐] 李商隱

君問歸期未有期，巴山夜雨漲秋池②。
何當③共剪西窗燭④，卻話⑤巴山夜雨時。

📖 注釋

①寄北：寄給北方的人。詩人當時在巴蜀，親友在長安，所以說「寄北」。②秋池：秋天的池塘。③何當：何時將要。④

剪西窗燭：即剪燭，剪去燃焦的燭芯，使燈明亮。⑤卻話：回
頭說，追述。

📖 譯文

　　你問我何時回我還定不下來，今夜巴山這裡秋雨已漲滿
池塘。

　　什麼時候我們才能秉燭長談，追述今宵巴山夜雨的思念
之情。

📖 賞析

　　這是一首抒情詩，一作〈夜雨寄內〉。詩的開頭兩句以問
答和對眼前環境的抒寫，抒發了詩人孤寂的情懷和對妻子深深
的思念。後兩句即設想來日重逢談心時的歡悅，反襯今夜之孤
寂。全詩情真意切，含蓄雋永，膾炙人口，餘味無窮。

　　李商隱曾說他寫詩喜愛用典故，這是他年輕時在天平軍節
度使令狐楚幕中，令狐楚教授他學習時興的駢文留下的痕跡。
故詩中的「巴山」、「秋池」與「西窗」三個意象貫以地名、方
位並非有所指，而是泛指，目的是力求詩句形式工整，韻律和
諧，達到風華藻麗的修辭效果。

　　第一句娓娓道來，一問一答，情思婉轉，悱惻纏綿已經躍
然於紙上。你問我何時歸來，我也不知道自己的歸期。秋天、
雨夜和此時未被開發的荒蠻之地，也是詩人獨在異鄉為異客的

情愁寫照。行筆至此，那淒苦的秋風秋雨，似乎已浸透紙背，寒入骨髓，淋溼了心中思緒，勾起了無限思念。

　　如果說前兩句是實寫當前景，那麼後兩句則是虛寫未來情。由於李商隱多年在外遊歷，夫妻在很長的一段時間裡聚少離多，詩人盼望將來能與妻子團聚，共剪殘燭，秉燭夜談。在詩人滿懷信心、望眼欲穿的等待中，發揮想像力，具體而又細膩地描繪出一幅良宵美景圖，「共剪」和「卻話」寫足了親密之態，含蓄雋永，餘味無窮！

　　李商隱的一生是不幸的。他剛剛踏入仕途，就被捲進了朋黨之爭，仕途多艱，妻子早逝，心境是悲涼的。特別是他晚年的詩，感傷情緒很濃，他心中的幸福也只能在詩中遙望。

📖 **拓展**

　　在李商隱的詩文中，可以看到他和妻子的感情非常好。在南宋洪邁編的《萬首唐人絕句》裡，這首詩的題目為〈夜雨寄內〉，意思是此詩是寄給妻子王晏媄的。不過，令李商隱始料未及的是，他的妻子病故於_____，由於兩人感情非常好，李商隱直到去世，他都沒有再續娶。

　　A. 作此詩之前　B. 作此詩之後三個月　C. 作此詩之後一年
D. 作此詩之後三年

══ 廿二 ══

菩薩蠻・平林漠漠煙如織

[唐] 李白

平林①漠漠②煙如織③，寒山一帶傷心④碧。暝色⑤入高樓，有人樓上愁。

玉階⑥空佇立⑦，宿鳥歸飛急。何處是歸程？長亭⑧更短亭⑨。

📖 注釋

①平林：平原上的林木。②漠漠：漠有廣闊意，漠漠為迷濛貌，平遠貌。③煙如織：暮煙濃密。④傷心：極甚之詞，猶言萬分，巴蜀地常用語。⑤暝（ㄇㄧㄥˊ）色：暮色。⑥玉階：玉砌的臺階。〈草堂詩餘〉中作「欄杆」。⑦佇（ㄓㄨˋ）立：長時間地站著等候。⑧長亭：古時設在城外路旁的亭子，多作行人歇腳用，送別。⑨短亭：五里設定短亭，十里設定長亭，為行人休憩或送行餞別之所。

📖 譯文

煙霧濃密籠罩樹林，寒秋蒼碧的山色深到極致。

暮色已經進入高樓，有人正在閨樓上獨自憂愁。

佇立在玉石臺階上，凝望著鳥兒匆匆飛回棲宿。

哪裡是回來的路程？只見道路上長亭連著短亭。

📖 賞析

　　這首詞上下兩闋採用了不同的手法，上闋偏於客觀景物的渲染，下闋著重主觀心理的描繪。此詞的寫作內容，有人認為是遊子思歸之詞，有人認為是思婦懷人之作，也有人認為二者兼有。讀者理解見仁見智，眾說紛紜，也反襯詞人表達之妙。

　　一、二句寫遊子眼前所見之景，由景而觸動生情。時間選擇在暮色蒼茫、霧靄沉沉的黃昏，此時也恰是遊子思鄉心切之時。三至六句是遊子觸景生情後，設想家人登樓遠眺，盼望自己歸來的情景。「暝色」一句從遠景切換到近景，一位思念征夫的女子獨立「玉階」遠眺，只用了飛鳥歸巢一個特寫，一剎那的情思怎不「樓上愁」？詞人以鳥比喻人，黃昏時分，鳥兒尚知歸巢，人何不歸來？「急」字更能表現出歸家急切的狀態。如此日復一日地「空佇立」，思婦的離愁也就永無窮盡了。詞中有「高樓」，有「玉階」，側面表達了主角的家境富裕殷實。最後兩句為遊子感嘆旅途漫漫，歸鄉無期，更添愁苦。「何處是歸程？」主角此刻也急於尋求自己的歸宿，來掙脫無限的愁緒。主角是第一人稱還是第二人稱或是第三人稱已不重要，因為歸程在哪裡也沒有一個確定的答案。那十里一長亭，五裡一短亭，歸鄉之路遙遙無期啊！「何處是歸程？長亭更短亭」也有作「何處是回程？長亭連短亭。」

📖 **拓展** ································

　　宋代是詞的巔峰創作時期，但令人想不到的是，南宋黃升編集的《唐宋諸賢絕妙詞選》中，選錄了兩首詞 ——〈菩薩蠻·平林漠漠煙如織〉和_____，皆署名李白，並言：「二詞為百代詞曲之祖。」當然，今傳這兩首詞是否果出於李白，尚難斷定。

　　A.〈連理枝·雪蓋宮樓閉〉　　B.〈清平樂·禁庭春畫〉
C.〈憶秦娥·簫聲咽〉　　D.〈清平樂·禁闈秋夜〉

═══ 廿三 ═══

白雪歌送武判官①歸京（節選）

[唐] 岑參

　　北風卷地白草②折，胡天③八月即飛雪。

　　忽如一夜春風來，千樹萬樹梨花④開。

　　散入珠簾⑤溼羅幕⑥，狐裘⑦不暖錦衾⑧薄。

　　將軍角弓⑨不得控⑩，都護鐵衣冷難著。

📖 **注釋** ································

　　①武判官：名不詳，疑為岑參前任。②白草：指一種擀熟後變成白色的草。③胡天：指塞北一帶的天空。④梨花：春天開放，花作白色。這裡比喻雪花像梨花一樣。⑤珠簾：形容華

美的簾子。⑥羅幕：用絲織品做成的帳幕。⑦狐裘：用狐皮製作的外衣。⑧錦衾（ㄑㄧㄣ）：錦緞做的被子。⑨角弓：用獸角裝飾的弓。⑩控：拉開。都護：古代官名，鎮守邊疆的長官。鐵衣：鎧甲。

📖 譯文

北風呼嘯席捲大地吹折白草，塞北八月紛紛揚揚飄降大雪。

彷彿一夜之間春風已經吹來，樹上積雪如梨花般競相開放。

雪花散入珠簾，打溼了羅幕，狐裘並不暖，錦被也嫌單薄。

將軍的雙手凍得拉不開角弓，長官們的鐵甲冷得難以穿上。

📖 賞析

前四句寫邊塞風狂雪早。首句用「卷」和「折」（ㄓㄜˊ）兩字從正面、側面描寫狂風怒號，遍地肅殺的景象，寫出了風勢之猛。第二句寫雪，「八月」說明「胡天」下雪的時間很早，再以一個「飛」字勾畫出一幅雪花漫天飛舞的景象。三、四句描寫早晨起來看到的奇麗雪景和感受到的突如其來的奇寒。「忽如」具體且準確地表現了早晨起來突然看到雪景時的神情。一夜風雪過後，大地銀裝素裹，煥然一新，用「千樹萬樹」重疊的修辭方式，恰當地表現出雪後初晴、銀裝素裹的景象。

接下來寫內帳苦寒。「散入珠簾溼羅幕，狐裘不暖錦衾

薄。」由帳外轉入帳內，點點雪花飄落進來，浸溼羅幕。穿著狐裘蓋著錦衾也不覺暖，奇寒難忍。而將軍、都護這樣的勇猛邊將，也是「角弓不得控」、「鐵衣冷難著」，意指手凍僵了連弓也拉不開，鐵甲也冷得穿不上。詩人選取居住、睡眠、穿衣、拉弓等日常活動來表現寒冷，如同選取早晨觀雪表現奇異一樣是很恰當的。不過，雖然天氣寒冷，但將士卻毫無怨言。

岑參在唐玄宗天寶十三年夏秋之交出任安西北庭節度使封常清的幕府判官，詩中所送別的武判官應該是他的前任。岑參文思開闊，文章結構縝密，以奇麗多變的雪景和艱苦嚴寒的塞外環境，表現了他和邊防將士的愛國熱情。

📖 拓展

岑參工詩，長於七言歌行，〈白雪歌送武判官歸京〉是其七言代表作。七言詩是中國詩歌體裁之一，包括七言古詩、七言律詩，全詩每句七字或以七字句為主。＿＿＿＿是中國文學史上最古老、最完整的七言詩。七言詩的出現為詩歌提供了一個更大容量的形式，豐富了中國古典詩歌的藝術表現力。

A.陶翰的《燕歌行》　B.高適的《燕歌行》　C.曹丕的《燕歌行》　D.陸機的《燕歌行》

廿四

羌村三首（其三）

〔唐〕杜甫

群雞正亂叫，客至雞鬥爭。

驅雞上樹木，始聞叩柴荊①。

父老四五人，問我久遠行。

手中各有攜，傾榼②濁復清。

苦辭③酒味薄，黍地④無人耕。

兵革⑤既未息，兒童盡東征。

請為父老歌，艱難愧深情。

歌罷仰天嘆，四座淚縱橫。

📖 **注釋**

①柴荊（ㄐㄧㄥ）：以柴、荊築成的門。②榼（ㄎㄜ）：酒器。③苦辭：再三地說，苦苦地說。④黍（ㄕㄨˇ）地：黍子地。⑤兵革：一作「兵戈」。兵器及甲冑等軍械裝備。此處指戰爭。

📖 **譯文**

成群的雞正在亂叫，客人到時還在爭鬥。把雞趕到院中樹上，才清楚地聽到有人叩門。有四五位鄉村父老，慰問我由遠地歸來。他們各自手裡攜帶著禮物，傾倒出酒清濁不一。一再

解釋說：「酒味之所以淡薄，是因為黍子地沒人去耕種。戰亂連年不止，連孩子們也去出征了。」請讓我為父老歌唱吧，感謝父老們在艱難亂世中對我的深情。唱罷仰天長嘆，在座的人們都熱淚縱橫。

📖 **賞析**

　　詩人透過對農村的一個典型側面描寫，展現安史之亂給唐代人民帶來的深重苦難。前四句特意安排一場群雞爭鬥的場面，這種景象是鄉村特有的，群雞爭鬥也暗喻時世的動盪紛亂。待到院內安靜下來時，這才聽見客人「叩柴荊」的聲音。不但頗具鄉村生活情趣，也表現出見到意外來客的欣喜之情。

　　中間八句是全詩的主線，來的四五人全是父老，說明村中已經沒有年輕人了，因為來看望被皇帝放歸的詩人而「手中各有攜」，表現了淳厚的民風和和善的鄉情。緊接著由斟酒講到「苦辭」，從「酒味薄」的緣故說到農作物被破壞，再引出「兵革既未息，兒童盡東征」，表達出災難遍及整個北國農村，點出時世艱難，民不聊生，耐人深思。

　　最後四句寫詩人五味雜陳，以歌作答，表達自己的感激之情。「愧」字含義豐富，從「艱難愧深情」一句和歌所產生的「四座淚縱橫」的效果可知，其中夾雜著詩人對父老的感激、對時事的憂慮以及對自己遭遇的感喟，複雜之情只能「仰天嘆」。不難看出，杜甫的痛苦也是在座各位父老的痛苦，更是黎民百姓的痛苦。

📖 拓展

西元 757 年秋，杜甫被唐肅宗放歸回鄉時作〈羌村三首〉，羌村在今_____。其中第一首寫詩人初到家中驚喜的情況；第二首寫詩人還家以後的心情；第三首寫鄰人攜酒慰問，藉由父老們的話，反映出現實生活。三首詩從三個角度真實地再現了黎民蒼生飢寒交迫、妻離子散、朝不保夕的悲苦生活。

A. 成都青羊區　　B. 陝西藍田縣　　C. 寶雞鳳翔區

D. 陝西富縣

═══ 廿五 ═══

登高

[唐] 杜甫

風急天高猿嘯哀①，渚②清沙白鳥飛回③。

無邊落木蕭蕭④下，不盡長江滾滾來。

萬里⑤悲秋常作客⑥，百年⑦多病獨登臺。

艱難⑧苦恨繁霜鬢⑨，潦倒⑩新停濁酒杯。

📖 注釋

①猿嘯哀：猿猴淒厲的叫聲。②渚（ㄓㄨˇ）：水中的小塊陸地。③鳥飛回：鳥在風中飛舞盤旋。④蕭蕭：草木飄落的聲

音。⑤萬里：指遠離故鄉。⑥常作客：長期漂泊他鄉。⑦百年：猶言一生，借指晚年。⑧艱難：兼指國運和自身命運艱難。⑨繁霜鬢：像濃霜一樣的鬢髮。⑩潦倒：頹廢，失意。新停：剛剛停止。

📖 **譯文**

　　天高風急中猿猴淒厲哀叫，陸地沙灘上鳥在風中迴旋。

　　無邊無際的樹葉紛紛飄落，一望無際的長江滾滾而來。

　　長期漂泊他鄉而悲秋思鄉，我暮年多病獨自登上高臺。

　　國運和自身艱難鬢髮已白，趕上病後頹廢剛戒酒停杯。

📖 **賞析**

　　詩中前四句寫登高所見。秋天之景色既有壯闊氣象，又渲染出無比的悲愁。詩人以秋之高遠壯闊反襯人之渺小衰弱以及詩人胸懷之偉大。詩人登上高處，峽中不斷傳來「猿長嘯」之聲，猿的叫聲總給人淒涼之感，這裡僅用十四個字就全面且細緻地描寫了風、天、猿、渚、沙、鳥，不但自然貼切，情景交融，而且「天」對「風」，「高」對「急」，「沙」對「渚」，「白」對「清」，「鳥」對「猿」，讀來富有節奏，朗朗上口。頷聯展現詩人仰望渺無邊際的景色，只聽見紛紛飄落、蕭蕭而下的落葉；俯視一望無垠的江水，只見奔流不息、滾滾而來的波濤，「無邊」和「不盡」，使「蕭蕭」和「滾滾」更加形象化，增強音韻，深化意境。

頸聯「萬里悲秋常作客，百年多病獨登臺」中「萬里」寫故鄉之遠，「悲秋」指現時之悽慘，「常作客」指詩人長期在他鄉漂泊，「百年」指自己已到垂暮之年，「多病」指身體衰疾，「獨登臺」指無親無朋，孑然一身。十四個字之間蘊含有六層含義。把他鄉容易悲愁、多病獨愛登臺的感情和淪落他鄉、年老多病的處境表現得淋漓盡致，更令人寄予強烈的同情。尾聯將國難家愁、心事繁重，再加上詩人晚年因肺病戒酒，用「艱難」、「苦恨」和「潦倒」直接表述出來，詩人憂國傷時的情操、窮困潦倒的現狀便躍然紙上。

總覽全詩，前四句於無形中傳達出韶光易逝、壯志難酬的感愴；後四句透過對淒清秋景的描寫，抒發了詩人年邁多病、感時傷世和寄寓異鄉的無窮悲苦。

📖 拓展

〈登高〉作於西元 767 年秋，杜甫在登高臨眺_____，滿眼蕭瑟的秋江景色，引發了他對自己身世飄零的感慨，滲入自己年老多病的悲哀。於是，就有了這首被明清兩代文人譽為「古今七言律第一」的佳作。

A. 夔州　B. 蜀州　C. 襄州　D. 巴州

═══ 廿六 ═══

蘇幕遮·懷舊

[北宋]范仲淹

碧雲①天，黃葉地，秋色連波，波上寒煙翠②。山映斜陽天接水，芳草③無情，更在斜陽外。

黯④鄉魂⑤，追⑥旅思⑦，夜夜除非，好夢留人睡。明月樓高休獨倚，酒入愁腸，化作相思淚。

📖 注釋

①碧雲：青雲，碧空中的雲。②寒煙翠：籠罩著一層翠色的寒煙。③芳草：常暗指故鄉。④黯：本有褪色之意，此處形容心情憂鬱。⑤鄉魂：思鄉的情思。⑥追：追隨，纏住不放的意思。⑦旅思：因旅途中客居異地而引起的思念情緒。

📖 譯文

碧空白雲，黃葉遍地，秋色映進江波，水波上籠罩著一層蒼翠的寒煙。遠處夕陽斜映水天一色，不解相思的芳草，一直綿延到夕陽外的天邊。

思鄉之情黯然傷神，追逐羈旅愁思難解，除非夜夜都做好夢才願入睡。不要獨自依靠在高樓望月，借酒澆愁，憂從中來，都化作相思的眼淚。

📖 賞析

　　上闋寫秋景遼闊，景中襯情。發揮句用了一種特殊句式，即這種句式沒有謂語，經過讀者對其語義的聯想，形成一個完整的畫面，具有讓寫景、敘事、抒情緊密結合的作用，極富有詩情畫意。詞人從「天」、「地」和「波」三個大處著筆，點明季節時令，展現出山河壯闊的意境。「山映斜陽天接水」使天、地、山、水、斜陽融為一體，無縫銜接，交相輝映，夕陽映照著遠處的山巒，碧色的天空連線著江水綠波，暗暗為思鄉懷舊步步鋪陳。直到再鋪上一層芳草畫面中，「芳草無情，更在斜陽外。」這些無情的「芳草」連線在一起，無邊無際，綿延伸展，景物自目之所及延伸到想像中的天涯，眼前遼闊的秋景觸發心中的憂思。

　　下闋抒寫鄉愁，情中有景。首句「鄉魂」與「旅思」互文，緊承鄉思的芳草天涯，直接點明羈旅之思和鄉愁之深的題旨。接著以夜不能寐、樓高獨倚、酒不能消三層分別刻劃。第一層「夜夜除非，好夢留人睡」九字當一句讀，是告訴人們，只有在美好的夢境中才能暫時忘卻鄉愁。「夜夜除非」是倒裝句，「除非」一詞強調除此之外別無可能；第二層「明月樓高休獨倚」的「明月」承上闋的「斜陽」，說明明月皎皎，反而使他倍感孤獨與悵惘，一個「獨」字更增加詞人的惆悵，更深一層寫出了鄉思之苦；第三層「酒入愁腸，化作相思淚。」將「酒」與「淚」巧妙地連結起來，因為夜不能寐，故借酒澆愁，但酒一入愁腸都化作

了相思淚，結句令全詩都瀰漫著蒼涼之悲。

📖 **拓展**

　　范仲淹不但是北宋文學家，還是改革家、政治家、軍事家、教育家、思想家。〈蘇幕遮·懷舊〉作於其在西北邊塞軍中主持防禦西夏的時期，當時范仲淹築城、修寨以積極地防禦，使邊境局勢發生了根本性的變化。西元 1044 年，北宋與西夏最終締署_____，西北邊疆得以維持了近半個世紀的和平。

　　A. 慶曆和議　B. 澶淵之盟　C. 紹興和議　D. 天眷和議

═══ **廿七** ═══

相見歡·金陵城上西樓

〔宋〕朱敦儒

　　金陵城上西樓，倚①清秋。萬里夕陽垂地，大江流。

　　中原亂②，簪纓③散，幾時收？試倩④悲風吹淚，過揚州。

📖 **注釋**

　　①倚：靠著。②中原亂：指靖康二年（西元 1127 年）金人入侵中原，金人冊封主和的張邦昌為帝，國號「大楚」，建立了傀儡政權。③簪纓（一ㄥ）：古時顯貴者的冠飾，代指達官顯宦。④倩：請人代自己做某事。

📖 譯文

　　倚靠在金陵西門上的城樓，觀看清秋景色。萬里長江在夕陽下緩緩向東流。

　　金人侵占中原，官員流散，國土何時能收？請悲風將我的熱淚吹到揚州去。

📖 賞析

　　秋天是冷落蕭條的季節，古人常說「秋士多悲」。當離鄉背井、作客金陵的朱敦儒獨自登上金陵城樓，縱目遠眺，看到這一片蕭條零落的秋景，悲秋悲國、傷心傷時之感不免油然而生。

　　上闋由登樓寫景入題，展現無邊秋色，萬里夕陽。時值黃昏日暮之時，萬里大地都籠罩在一片夕陽中。「夕陽垂地」重點突出了金陵、西樓、秋天與長江都籠罩在蒼茫的暮色中，餘暉黯淡，象徵南宋的國勢日漸衰微。「大江流」有謝朓「大江流日夜，客心悲未央」之意，奠定全詞蒼涼感傷的情感基調。

　　下闋由寫景轉到直言國事，表現了詞人強烈的亡國之痛和深厚的愛國精神。「中原亂」指靖康二年四月金軍攻破東京（今河南開封），在城內搜刮數日，擄走徽宗、欽宗，大批士族南逃。「簪」和「纓」是古時達官貴人的冠飾，用來把冠固著在頭上，代指達官貴人，一個「散」字表現「衣冠南渡」的倉皇情景。詞人在濃重的秋色裡追憶中原淪陷，抒發了胸中積鬱已久

的沉痛心情。「試倩悲風吹淚過揚州」一句運用了擬人的手法。風本來沒有感情，卻在前面加一「悲」字，是詞人主觀心情上悲，為風注入了濃厚的感情色彩。風悲、景悲、人也悲，不禁潸然淚下。這不只是悲秋之淚，更是憂國之淚。

　　全詞由登樓入題，從寫景轉到抒情，抒發了詞人強烈的亡國之痛和對故土的深切懷念之情，感人至深。

📖 拓展

　　古人登樓、登高，每多感慨。杜甫登上夔州樓感慨「萬里悲秋常作客」；許渾登上咸陽城樓有「一上高城萬里愁」之嘆；李商隱登上_____有「欲迴天地入扁舟」之感。儘管各個時代的詩人遭際不同，所感各異，然而登樓抒感則是一致的。

　　A. 金陵城樓　　B. 洛陽城樓　　C. 長安城樓　　D. 安定城樓

═══ 廿八 ═══

聲聲慢·尋尋覓覓

[宋] 李清照

　　尋尋覓覓，冷冷清清，淒淒慘慘戚戚。乍暖還寒時候，最難將息①。三杯兩盞淡酒，怎敵他②、晚來③風急！雁過也，正傷心，卻是舊時相識。

　　滿地黃花堆積，憔悴損④，如今有誰堪摘⑤？守著窗兒，獨

自怎生⑥得黑！梧桐更兼細雨，到黃昏、點點滴滴。這次第⑦，怎一個愁字了得！

📖 注釋

①將息：宋時方言，調養休息，保養。②敵他：對付，抵擋。③晚來：一作「曉來」。④憔悴損：表示憔悴、凋零、枯萎，損，這裡相當於「極」，表示程度很深。⑤堪摘：可以摘，能夠摘。⑥怎生：怎樣，怎麼。⑦這次第：宋時口語，這般光景，這種情形，這種狀況。

📖 譯文

我到處尋覓，尋覓到的只有冷清、悽慘和悲戚。在這乍暖還寒的時刻，最難休息。飲兩三杯淡酒，怎能抵擋傍晚寒風急襲！雁群飛過時，讓人傷心，因為都是舊日的相識。

菊花堆積滿地，如今已枯萎殆盡，有誰可摘？我獨自守著窗，怎樣才能熬到天黑！黃昏時分細雨打在梧桐葉上，一點一滴地落下。這般光景，怎麼能用一個愁字說得清呢！

📖 賞析

經歷過戰亂的洗禮，才知道和平的可貴；經受過命運的打擊，才明白平凡的意義。李清照透過對秋景的描繪，抒發國破家亡、天涯淪落的無限悲苦。

　　首句便不尋常，一連用七組疊詞，著力渲染愁情，如泣如訴，感人至深。這種「乍暖還（ㄏㄨㄢˊ）寒」的天氣，應是秋季拂曉之時，朝陽將出未出之際，加之此時詞人經過顛沛流離後身體虛弱，連覺也睡不著了，自然想起了亡夫。一個人飲酒，倍感淒涼，借酒澆愁而又憂愁難遣。聽見天空中孤雁的一聲悲鳴，再次劃破了詞人未癒的傷口，以北雁南飛，寫出故物依然、人面全非、家破人亡、漂泊南方的悲苦。但大雁與人未必相識，用「舊時相識」寄以懷念北方之意。

　　下闋「滿地黃花堆積，憔悴損，如今有誰堪摘？」中「憔悴損」即〈醉花陰〉中「人比黃花瘦」之意。菊花的枯槁憔悴，容顏已逝，正是李清照不幸遭遇的現實寫照。她子然一身，獨守空房，度日如年，再看到屋外的綿綿細雨，愈加淒涼無邊了。「點點滴滴」既是雨水的點點滴滴，也是淚水的點點滴滴，還是往事的點點滴滴，前後照應，表現了詞人孤獨寂寞的憂鬱情緒和經歷動盪不安的憔悴心境。「這次第，怎一個愁字了得」是說僅用一個「愁」字如何能包括得盡？簡單直白，戛然而止，反而更有韻味。

📖 **拓展**

　　此詞大約作於北宋滅亡、丈夫去世之後，一連串的打擊使李清照嘗盡了國破家亡、顛沛流離之苦，境況極為淒涼。李清照用最通俗的文字寫出了最淒涼的效果，可以說一字一淚，極富藝術感染力。明代三大才子之首的＿＿＿＿＿評價說：「宋人中填

詞，李易安亦稱冠絕。〈聲聲慢〉一詞，最為婉妙。」

A. 解縉　B. 徐渭　C. 楊慎　D. 唐寅

═══ 廿九 ═══

獄中題壁

［清］譚嗣同

望門投止①思張儉②，忍死須臾③待杜根④。

我自橫刀⑤向天笑，去留肝膽兩崑崙⑥。

📖 **注釋**

①望門投止：望門投宿。②張儉：因彈劾宦官，反被誣陷為結黨營私，後因人品端正，逃亡之路一直受人保護。③須臾：不長的時間。④杜根：因觸怒太后被賜死，行刑者把他接出城，太后派人檢查時，杜根裝死三天，見眼中生蛆，乃信其死，才得以逃跑。⑤橫刀：指就義。⑥去留肝膽兩崑崙：有兩種說法，其一是指康有為和瀏陽俠客大刀王五；其二為「去」者指逃出的康有為。

📖 **譯文**

望門投宿，想到張儉，希望你們能像東漢時杜根那樣，忍死求生完成大業。

屠刀之下，仰天大笑，去者和留者浩然之氣肝膽相照，像崑崙山一樣巍峨。

📖 賞析

西元 1898 年農曆八月十三，譚嗣同等「戊戌六君子」在菜市口被處死。就義之前，譚嗣同在獄中牆壁上書寫此詩，表達了對阻撓變法的頑固勢力的憎惡蔑視，同時也抒發了詩人願為自己理想而獻身的壯烈情懷。

前兩句是譚嗣同身處囹圄還記掛、牽念倉促出逃的康有為等人的安危，借典述懷，表達應該志存高遠，忍死求生，等待時機。「張儉」是東漢時期名士，曾用盡全部財產，救活了數百人，張儉因彈劾宦官，反被誣為結黨營私，被迫逃亡，看到有人家就進去躲避，一路上受人保護。「杜根」是東漢時期大臣，漢安帝時鄧太后攝政，宦官專權，其上書要求太后還政，太后大怒，命人以袋裝之而摔死，行刑者仰慕杜根為人，並沒有打死，太后派人檢查時，杜根裝死三天，才得以逃跑，後來，逃到宜城當了十五年的酒保，因他的賢德，人們都十分優待他。

後兩句表達以個人的犧牲來成全心中的神聖事業，以自己的挺身赴難來回報光緒皇帝的知遇之恩。譚嗣同作為變法的中堅力量，對於生死，早已置之度外，能夠從容地面對帶血的屠刀，朝天大笑。他也期望自己的一腔熱血能夠驚醒苟且偷安的芸芸眾生，激發起變法圖強的革命狂瀾。「我自橫刀向天笑，去

留肝膽兩崑崙」，強烈地表達出譚嗣同視死如歸、浩氣凜然、慷慨悲壯的氣節。

📖 **拓展**

　　西元 1898 年 6 月 11 日，光緒皇帝頒布詔書＿＿＿＿＿＿，宣布變法。9 月 21 日，慈禧太后發動政變，囚禁光緒皇帝並開始大肆搜捕和屠殺維新派人物。譚嗣同當時拒絕了友人請他逃走的勸告，決心一死，期願喚醒和警策國人。

　　A.「訓政詔書」　　B.「公車上書」　　C.「榮命聖旨」　　D.「明定國是」

═══ 三十 ═══

木蘭花・擬古決絕詞柬友①

［清］納蘭性德

人生若只如初見，何事秋風悲畫扇②？
等閒變卻故人③心，卻道故人心易變。
驪山語罷④清宵半，淚雨霖鈴⑤終不怨。
何如薄倖⑥錦衣郎⑦，比翼連枝當日願。

📖 注釋

①柬友：給友人的信札。②秋風悲畫扇：引用秋扇見捐、秋風紈扇，比喻女子色衰失寵，遭受冷落。③故人：指情人。④驪山語罷：借指唐明皇與楊玉環在驪山華清宮長生殿裡盟誓。⑤淚雨霖鈴：安史之亂，唐明皇賜死楊玉環後作〈雨霖鈴〉曲以寄哀思。⑥薄倖：薄情。⑦錦衣郎：指唐明皇。

📖 譯文

相處若總像剛剛相識的時候那樣多好，什麼事導致今日的相離相棄？

如今發現我意中人的心輕易地變了，你卻說情人間就是容易變心的。

就像唐明皇與楊玉環那樣在長生殿許過誓言，卻又最終作訣別一樣。

但你怎比得上薄情的唐明皇呢，他總還有過比翼鳥、連理枝的誓願。

📖 賞析

這首詞的題目有三個關鍵詞，分別是「擬古」、「決絕詞」與「柬友」，說明這首詞是以被拋棄的女性口吻模仿古樂府的決絕詞，送給一位朋友的。第一句是整首詞裡最平淡又是感情最

強烈的一句,「初見」將讀者帶回到初戀的美好記憶中去。剛剛認識的時候,總是那樣的甜蜜,那樣的溫馨,那樣的深情和快樂。愛情原本應該一直如此的,可如今為何眼中已沒有彼此,卻要相離相棄,甚至是彼此互相傷害呢?接下來,又回到了殘酷的現實當中。

三四句要站在女性的角度去理解,正是詞人模擬女性的口吻所寫,意思是說如今男方輕易地變了心,男方卻反而說情人間就是容易變心的。這怨情的背後,似乎有著更深層的痛楚。緊接著「驪山語罷清宵半,淚雨霖鈴終不怨」二句引用唐明皇與楊玉環的愛情典故,說七夕的時候,唐、楊二人在華清宮裡山盟海誓,可山盟海誓也抵擋不住楊貴妃被賜死啊。據說後來唐明皇從四川回長安的路上,在棧道上聽到雨中的鈴聲,又勾發揮了他對楊貴妃的思戀,譜寫〈雨霖鈴〉。

「何如薄倖錦衣郎,比翼連枝當日願」仍然是女性的口吻,「薄倖」即薄情,「錦衣郎」指唐明皇。是說你又怎比得上當年的唐明皇呢?他總還是與楊玉環有過比翼鳥、連理枝的誓願!他們是縱然死而分離,也還有過刻骨銘心的、念念不忘的舊情。

📖 拓展

詞中「人生若只如初見」是男女剛談戀愛的時候,由於彼此還不熟悉,總是將最完美的一面展示給自己的戀人。「何事秋風悲畫扇」是引用_____被棄的典故。扇子是夏天用來趨走炎熱的

物品，到了秋天就沒人理睬了，古典詩詞中多用扇子來比喻被冷落的女性。

A. 唐朝楊玉環　B. 唐朝崔鶯鶯　C. 北宋秦香蓮　D. 漢朝班婕妤

九月

<hr> 初一 <hr>

觀滄海

［東漢］曹操

東臨①碣石②，以觀滄海。

水何③澹澹④，山島竦峙⑤。

樹木叢生，百草豐茂。

秋風蕭瑟⑥，洪波⑦湧起。

日月之行，若出其中。

星漢⑧燦爛，若出其裡。

幸甚至哉，歌以詠志⑨。

📖 注釋

①臨：到達，登上。②碣（ㄐㄧㄝˊ）石：山名。③何：多麼。④澹（ㄉㄢˋ）澹：水波搖動的樣子。⑤竦（ㄙㄨㄥˇ）峙（ㄓˋ）：聳立。⑥蕭瑟：秋風吹動樹木的聲音。⑦洪波：洶湧澎湃的波浪。⑧星漢：銀河，天河。⑨幸甚至哉，歌以詠志：幸運得很，極好了，寫這首詩來詠嘆我的志向。樂府詩的一種結尾形式。

📖 譯文

　　我東行登臨了碣石山，觀賞那蒼茫的大海。大海多麼浩蕩無邊，山島高高地挺立在海邊。海邊樹木叢生，百草十分繁茂。秋風吹動著樹木，發出聲響，海浪湧動，波瀾壯闊。日月執行，好像是從這浩瀚的海洋裡出來的。星光燦爛，好像也是從這浩瀚的海洋裡出來的。我很高興，就用這首詩歌來表達志向吧。

📖 賞析

　　這首詩是建安十二年（西元 207 年）曹操北征烏桓（ㄏㄨㄢˊ）勝利班師，途中登臨碣石山時所作，詩人借用大海雄偉壯麗的景象，表達了自己渴望建功立業的雄心，渴望統一中原的抱負。

　　「東臨碣石，以觀滄海」，直接點明曹操登上碣石山頂，居高臨海，目中所及，蒼茫浩蕩，波瀾壯闊，盡收眼底。詩人把眼前海上景色和自己的雄心壯志融合在一起，展現了開闊的胸襟。

　　「水何澹澹，山島竦峙」以下六句寫眼前看到的景觀。首先映入眼簾的是那突兀聳立的山島，它們點綴在寬闊的海面上，使大海顯得神奇壯觀。其次看到鬱鬱蔥蔥的樹木和茂盛的野草。然後，筆鋒一轉，海面波濤洶湧，起伏澎湃，雖是秋天，

卻無半點蕭瑟淒涼的悲秋情緒。

「日月之行，若出其中」四句，轉而對日月星漢的壯觀，大海有吞吐宇宙的氣象發出感慨。想像中「滄海」有包容萬物的度量，寫「滄海」也是寫自己，在豐富的聯想中表現出詩人博大的胸懷、開闊的胸襟、遠大的抱負。全詩一氣呵成，思想奔放，語言質樸，氣勢磅礡，也是建安風骨的代表作。

📖 拓展

曹操〈觀滄海〉中的「碣石山」指_____。西元207年秋天，曹操北征烏桓，一戰告捷。九月，勝利回師時經過此地，陸續作〈觀滄海〉、〈冬十月〉、〈土不同〉與〈龜雖壽〉，彙總為〈步出夏門行〉，又名〈隴西行〉。

A. 河北昌黎碣石山　B. 山東無棣碣石山　C. 遼寧興城碣石山　D. 山東泰安碣石山

═══ 初二 ═══

梁甫①行

〔東漢〕曹植

八方各異氣，千里殊風雨。
劇哉②邊海民，寄身③於草野④。

妻子⑤象禽獸，行止⑥依林阻⑦。

柴門⑧何蕭條，狐兔翔⑨我宇⑩。

📖 注釋

①梁甫：又名梁父，泰山下的一座小山。②劇哉（ㄗㄞˋ）：艱難啊。③寄身：居住，生活。④草野：野外、原野。⑤妻子：妻子和兒女。⑥行止：行動和休息，泛指生活。⑦林阻：山林險阻的地方。⑧柴門：以柴木做門，指居處窮困。⑨翔：這裡指自在地行走。⑩宇：本意是屋簷，此處指房屋。

📖 譯文

四面八方的氣候各不相同，千里範圍的風雨情況不一。

海邊的人民生活很艱苦啊，平時就住在野外的破草棚。

妻子兒女像禽獸一樣生活，盤桓在艱難險阻的山林裡。

簡陋的柴門如此冷清蕭條，狐狸野兔在屋內自由亂竄。

📖 賞析

「梁甫」是泰山下面的小山，古代迷信，認為人死後魂魄歸於泰山、梁甫。〈梁甫行〉原是輓歌，曹植此篇用舊題描寫邊海地區人民貧苦的生活境況，表現了詩人對下層人民或邊海流民的深切同情。

全詩以白描的手法，首句「八方各異氣，千里殊風雨」表明

各地的自然環境不一樣，所遭受的風雨災害程度也不一樣，這是對「劇哉邊海民」的襯托。各地的情況雖然不同，但最艱難困頓的一定是「邊海民」了，因為海邊的氣候是不適合人生存的。「寄身於草野」顯示海邊的人民生活是多麼艱苦啊！

接下來的四句全方位地展現了邊海貧民的痛苦生活。他們巢息穴居「象禽獸」；他們盤桓在險阻的山林裡，不敢出來；他們每日出沒在山林之中與動物爭食爭住；他們不但經受生活的艱難困苦，而且還有隨時被野獸吃掉的生存危險。「柴門何蕭條，狐兔翔我宇」是全詩的精華，突出邊民的貧苦生活，柴門簡陋淒清，在海風中搖盪，狐狸、兔子在屋簷下竄來竄去，使人看到生產凋敝、村落蕭索的更廣闊的社會圖畫，也擴大了全詩的境界，表達了詩人對下層人民的深切同情。

📖 拓展

曹植天資聰穎，才思敏捷，深得曹操喜愛，幾乎被立為太子，＿＿＿＿＿＿終因「任性而行，不自雕勵，飲酒不節」而失寵。其文學創作以為界，分為前後兩期。前期詩歌主要是歌唱他的理想和抱負，後期詩歌主要是表達由理想與現實的矛盾所激發揮的悲憤。而〈梁甫行〉是曹植後期詩歌代表。

A. 建安十五年　B. 建安二十年　C. 建安二十五年　D. 建安三十年

初三

暮江吟

［唐］白居易

一道殘陽①鋪水中，半江瑟瑟②半江紅。

可憐③九月初三夜，露似真珠④月似弓。

📖 注釋

①殘陽：一說快落山的太陽的光。一說指晚霞。②瑟瑟：碧綠的寶石，此處指碧綠色。③可憐：可愛。④真珠：即「珍珠」。

📖 譯文

傍晚時分夕陽斜射在水面，江水呈現一半綠色一半紅色。

九月初三的夜晚迷人可愛，露珠晶瑩像珍珠新月似彎弓。

📖 賞析

詩人藉由選取兩幅幽美的自然界畫面，加之新穎巧妙的比喻，將景物描寫得細緻和真切。全詩語言精麗流暢，格調清新，繪聲繪色，給予人美的享受，成為描寫秋日景色的佳作。

前兩句是一幅傍晚夕陽斜照的江景。「一道殘陽鋪水中」的「鋪」字用得最妙，形象地表現了太陽已經接近地平線，向水面

斜射的樣子，而且把夕陽餘暉的柔美、舒適、安閒的感覺描繪了出來。如果是「照」字則平淡無奇，索然無味了。「半江瑟瑟半江紅」說明此時天氣晴朗，無風無浪，江水緩緩流動，江面上細小的波紋皺起，光線照耀多的部分呈現一片紅色，光線照耀少的地方呈現深深的碧綠色，色彩對比十分鮮明，而且動靜結合得恰到好處。這種江上波光閃動，半江碧綠，半江紅色，色彩變化，唯妙唯肖，好似一幅色彩豔麗的油畫。

後兩句是一幅新月初升的夜景。「殘陽」落下，新月升起，自然又是一番景緻。「可憐」是可愛之意，透過對「露」和「月」的視覺形象描寫，將朦朧的夜色圖景展現在人們面前。「露似真珠月似弓」用生動的比喻，把天上地下的兩種景象壓縮在詩句中，秋天的江邊，夜色降臨，空氣溼潤，草木上都凝結成露珠，「露似真珠」寫出秋葉特點，創造出和諧、寧靜的意境。九月初三，月牙剛出現，彎彎的，像一張弓。像「真珠」一樣的「露」，像「弓」一樣的新月，正是「九月初三夜」這般獨有的柔美、可愛，才令詩人讚嘆不已，流連忘返，遲遲不歸。

📖 拓展

白居易的詩大都語言通俗，音調和諧，具有形象鮮明，政治諷喻之意。在〈與元九書〉中說：「文章合為時而著，歌詩合為事而作。」他把自己所作的詩分為諷喻、閒適、感傷、雜律四類，大體上前三類為古體，後一類為近體。前三類大致以內容

區分，但有相交。四類詩中，白居易自己比較重視前兩類。〈暮江吟〉屬於白居易_____中的一首。

A. 雜律類　B. 感傷類　C. 閒適類　D. 諷喻類

══ 初四 ══

飲酒（其五）

[東晉]陶淵明

結廬①在人境②，而無車馬喧。

問君何能爾③？心遠地自偏。

採菊東籬下，悠然見④南山。

山氣日夕⑤佳，飛鳥相與⑥還。

此中有真意⑦，欲辨已忘言⑧。

📖 **注釋** ·······································

　　①結廬：建造房屋。結，建造、構築。廬，簡陋的房屋。②人境：人聚居的地方。③爾：如此，這樣。④見（ㄐㄧㄢˋ）：動詞，看見。⑤日夕：傍晚。⑥相與：相伴。⑦真意：真諦。⑧忘言：不用言語而心領神會。

📖 **譯文** ·······································

　　居住在人們聚集之地，卻沒有車馬喧囂之擾。

問我怎樣做到這樣的？因我的心遠離了世俗。

在東籬採菊偶然抬頭，一下子撞上南山景色。

傍晚霧氣在山巒繚繞，飛鳥成群結伴地歸巢。

感受人生真正的意趣，不用言語而心領神會。

📖 賞析

　　全詩用質樸、平淡的語言，描繪出詩人悠閒自得的心境和對寧靜自由田園生活的熱愛。透過詩人寧靜安詳的心態和閒適自得的情趣，體會到他內心擺脫世俗的束縛，返回自然的人生理想。

　　首句言自己雖然居住在人世間，但並未受到世俗交往的侵擾。為何處「人境」而「無車馬喧」的煩惱呢？因為「心遠地自偏」，只要內心能擺脫世俗的束縛，那麼，處於喧鬧的環境裡，也如同居於僻靜之地。「問君何能爾？心遠地自偏」使用自問自答的形式，闡述只要在精神上擺脫了世俗環境的干擾，就能做到「大隱隱於市」。「心遠地自偏」很好地回答瞭如何遠離塵俗，做到超凡脫俗，這正是陶淵明的哲學思想。

　　「採菊」兩句中「悠然」寫出詩人那種恬淡閒適的生活和對功名無所圖的心境。「見」字表現了詩人看山不是有意而為，而是採菊時，無意間映入眼簾，做到人山合一、天人合一。「山氣日夕佳，飛鳥相與還。」傍晚時分的南山景緻正好，霧氣在山巒間繚繞，倦鳥正成群結隊地飛回它們棲息的樹林。詩人既是寫實

景，又是寫意境，從南山的美景中，從飛鳥歸林的景象中，聯想到自己歸隱。

「此中有真意，欲辨已忘言。」描述大自然的美景還不夠，詩人在歸隱中真正領悟到了人生的意趣和真諦，表露了純潔自然的恬淡心情。但這種真諦究竟是什麼呢？詩人沒有回答，因為這要靠自己的心靈去感受。

📖 拓展

詩人在勞動之餘，飲酒酣醉之後，在晚霞的輝映之下，在山嵐的籠罩之中，採菊東籬，遙望南山。「採菊東籬下，悠然見南山」的「南山」最有可能的是_____。

A. 華山　B. 廬山　C. 嵩山　D. 泰山

═══ 寒露 ═══

歸園田居（其三）

［東晉］陶淵明

種豆南山下，草盛豆苗稀。
晨興①理荒穢②，帶月荷鋤③歸。
道狹草木長④，夕露沾我衣。
衣沾不足惜⑤，但使願無違⑥。

注釋

①興：起身，起床。②荒穢（ㄏㄨㄟˋ）：荒蕪，汙穢。此處指野草之類。③荷（ㄏㄜˋ）鋤：扛著鋤頭。④長：一說讀成「ㄔㄤˊ」，形容詞，叢生；一說讀成音同「掌」，動詞，長得茂盛。⑤不足惜：不值得可惜。⑥無違：沒有違背，不要違背。

譯文

在南山下的田裡種了豆子，地裡雜草茂盛而豆苗稀疏。
清晨起身去田裡清除雜草，夜晚月光下扛著鋤頭回家。
走在草木叢生的狹窄路上，晚間露水浸溼了我的衣裳。
衣裳溼了沒有什麼大不了，只要不違背歸隱意願就好。

賞析

陶淵明當了八十天彭澤縣令後，毅然辭去了官職，返回家園，心甘情願地扛起了鋤頭，辛勤地躬耕於田間，當起了田園隱士。〈歸園田居〉共五首，在第一首中，陶淵明自述，自己從小就不適應世俗生活，天性喜愛自然山水和自由自在的生活狀態。這種境界令無數後人稱讚、欽佩乃至效仿。此為第三首。

前四句表現詩人躬耕勞作的生活狀態，指明自己在「南山下」耕種的是「豆」，由於缺乏經驗，「草盛豆苗稀」的勞作後果，也就不足為怪了。反而讓人覺得陶淵明的詩文純樸自然，

親切真實。「晨興理荒穢，帶月荷鋤歸」是歸隱後生活的親身體會。「晨興」而作，「帶月」而歸，彷彿能體會到詩人扛著鋤頭回家時的心情，表現出勞動者的喜悅，品味出對田園生活的熱愛。

後四句抒寫這種生活的輕鬆瀟灑，詩人對心中的理想從未放棄過。「道狹草木長，夕露沾我衣」表述道路狹窄，草木叢生，夕露沾衣，是田間地頭自然環境的真實寫照，只有身體力行，終日勞作在田野，才能夠體會出來。「衣沾不足惜，但使願無違。」詩人說，衣服沾溼了，沒有什麼大不了的，只希望不違背自己最初歸隱的心願。「願」是歸隱田園的意願，是不為五斗米折腰的志願，是「復得返自然」的心願。

陶淵明認為，最令人愉快的，倒不在於這種悠閒自然，而在於從此可以遠離官場，按照自己的意願生活。

📖 **拓展** ……………………………………………………………………………

陶淵明厭倦了也看透了官場的黑暗腐朽，於西元405年末，正式辭官，開始了他的歸隱生活，直至生命結束。他在此期間創作了許多反映田園生活的詩文，如〈歸園田居〉五首、〈雜詩〉十二首，成為中國文學史上著名的田園詩人之一。〈歸園田居（其三）〉是流傳最為廣泛的一首，詩中的南山指＿＿＿＿。

A. 廬山　　B. 華山　　C. 終南山　　D. 秦嶺

═══ 初六 ═══

楓橋夜泊

[唐] 張繼

月落烏啼①霜滿天，江楓②漁火對愁眠。

姑蘇③城外寒山寺④，夜半鐘聲到客船。

📖 **注釋**

①烏啼：一說為烏鴉啼鳴，一說為烏啼鎮。②江楓：一說江邊楓樹，一說江橋和楓橋。③姑蘇：蘇州的別稱，因城西南有姑蘇山而得名。④寒山寺：在楓橋附近的寺廟，始建於南朝梁代。

📖 **譯文**

月亮西沉，烏鴉啼叫，寒氣滿天，對著江楓和漁火憂愁而眠。

姑蘇城外，寒山古寺，寂寞清冷，半夜寺裡的鐘聲傳到客船。

📖 **賞析**

詩人張繼在群星璀璨的唐朝詩人中，默默無名，甚至生卒年月都不詳，但憑藉《全唐詩》中僅存的一首〈楓橋夜泊〉，卻將

其人其詩流傳千年，甚至遠播日本，家喻戶曉。張繼於西元 753年中進士，然而在銓選（吏部主選文官，兵部主選武官）時落第，歸鄉時，途經寒山寺，夜泊於楓橋附近的客船中，夜裡難以成眠，聽到寒山寺傳來的鐘聲，有感而作。

　　首句寫楓橋秋天夜晚的景色，渲染一種淒清寒冷的感受。「月落」表明時間在流逝，「烏啼」表明周圍聲音的淒厲，隱約透露出夜裡的幾分寒意，可見此時詩人情緒應該是低落的。詩人發現夜色中空氣都凝結了，在朦朧的夜色裡似乎有寒霜充塞在天地之間。次句描繪楓橋附近的景色和愁寂的心情。「江楓」一說是江邊楓樹，一說是江橋和楓橋，但楓葉作為秋天代表性的景色，顯然更能對秋意漸濃有所暗示。每個背井離鄉之人，都曾滿懷抱負和希望，當秋天到來，天氣轉涼的時候，會讓人加倍思念家鄉的溫暖，而只有船上的「漁火」，不免倍感寂寞和孤單。詩中擬人化了「江楓」和「漁火」，「對愁眠」的「對」字包含了「伴」的意蘊，表達旅人面對「江楓漁火」時縈繞在心頭的縷縷愁意，這種景緻特別引人注目，令人遐想。

　　後兩句用夜的靜美和悠揚的鐘聲，反襯詩人羈旅之愁。詩人在楓橋夜泊中體會最深的就是這寒山寺傳出來的鐘聲。在朦朧的月色下，帶著禪意的鐘鳴之聲，劃破秋夜的寂靜，穿破客船的寂寥，清晰地傳入詩人的耳朵，直入詩人的心底。正是前兩句透過「月落」、「烏啼」、「霜滿天」、「江楓」、「漁火」等意

象對秋色、秋意和憂愁的暗示，才使得最後一句與人物的心情達到了高度的默契與交融，力透紙背，意境深遠。

📖 **拓展** ···

　　寒山寺始建於南朝年間，距今已經 1500 多年，〈楓橋夜泊〉問世後，寒山寺更加名揚天下了。歷代文人墨客為寒山寺刻石、刻碑者不乏其人，但歷經千年，幾經戰亂，多以毀損，蕩然無存了。目前寺中石碑上鐫刻著這首膾炙人口的〈楓橋夜泊〉為＿＿＿＿手書。

　　A. 北宋宰相、文學家王珪　B. 明代畫家、書法家、文學家文徵明　C. 民國政治家、史學家張繼　D. 清代學者、文學家、經學家俞樾

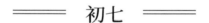

初七

不第①後賦菊

〔唐〕黃巢

待到秋來九月八②，我花開後百花殺③。
沖天香陣透長安，滿城盡帶黃金甲④。

📖 注釋

①不第：科舉落第。②九月八：九月九日為重陽節，此處「九月八」是為了押韻。③殺：此處指凋落。④黃金甲：指鎧甲般金黃色的菊花。

📖 譯文

等到九月重陽節來臨之時，菊花開後別的花都凋落了。

沖天的香氣瀰漫整個長安，滿城金黃色如同鎧甲一般。

📖 賞析

這是黃巢科舉不中之後寫的一首詠菊詩。可以看出，這次落榜之後，黃巢對朝廷已失去了認同，對科舉也失去了耐心，對於腐敗的官場、腐朽的貴族、黑暗的吏治是徹底失望了。黃巢借詠菊以抒抱負，境界豪邁，氣勢恢宏，表明自己想要透過努力改變自我命運的志向。

這次科舉考試發榜，有人「春風得意馬蹄疾」，相互間彈冠相慶，而此時的黃巢正在長安城中落寞徘徊，彷彿能感知到黃巢落榜後和友人悄悄訴說──「待到秋來九月八……」。「待到」二字露出一種迫不及待之意，一種時不我待之感，心中已經湧現呼喚革命暴風雨早日來到的情緒，有「歲在甲子，天下大吉」的味道。次句「我花開後百花殺」是用菊花作為個人形象代表，

鄭谷曾有詩「王孫莫把比蓬蒿，九日枝枝近鬢毛」。在秋天菊花開後，群芳已經凋謝。在黃巢的眼中，那些權貴們就如同養尊處優的各種鮮花，待到我黃巢得志之後，要把你們這些花花草草全部都拔除掉，展現出詩人身上的鬥爭精神和必勝信念。

　　後兩句借菊花沖天香氣和耀眼金色表達對未來的憧憬。「沖天」二字寫出了菊花香氣濃郁，直衝雲天的特點，「香陣」寫出菊花不是一枝獨秀，而是龐大陣群。詩人賦予菊花英雄風貌和高潔品格，強烈顯示出改天換地的氣勢。「盡帶黃金甲」一語雙關，既是寫菊花之盛，無處不在，也是黃巢內心所建構新世界的景象。在黃巢流傳下來的三首詩中，有兩首是以菊花為題材的詠物詩，其中〈題菊花〉寫道：「颯颯西風滿院栽，蕊寒香冷蝶難來。他年我若為青帝，報與桃花一處開。」可以看出，黃巢偏愛用菊花作為自比，寄希望於千千萬萬個受剝削、受壓迫的人民能和他一道，在逆境中找到出路，改變自己的命運。

📖 **拓展** ‧‧

　　黃巢是唐末農民起義領袖。西元 880 年十二月十三日，黃巢起義軍攻進長安，於含元殿即皇帝位，國號「＿＿＿＿」。他終於實現了「滿城盡帶黃金甲」的理想，可是長安卻經歷了一場浩劫，黃巢的部隊燒殺搶掠，無所不為。在唐軍四面合圍下，西元 884 年六月十五日，黃巢敗死狼虎谷。

　　A. 大齊　B. 大新　C. 大楚　D. 後唐

初八

蜀中九日

[唐]王勃

九月九日望鄉臺①，他席②他鄉送客杯。

人情已厭南中③苦，鴻雁那④從北地來。

📖 **注釋**

①望鄉臺：古代出征或流落在外鄉的人，往往登高或登土臺，眺望家鄉，稱為望鄉臺。②他席：別人的酒席。這裡指為友人送行的酒席。③南中：南方，這裡指西蜀一帶。④那：為何，為什麼。

📖 **譯文**

九月九日重陽節登上望鄉臺，在他鄉設酒席送朋友離開。

心中已厭倦了南方客居之苦，鴻雁為何還要從北方飛來。

📖 **賞析**

西元 670 年重陽節，客居西蜀的王勃參加送別友人的宴會並登高回望故鄉，勾起了詩人濃郁的鄉愁。詩人在送別友人之際，表明心中已經厭倦南方的愁苦，並將思鄉之情寄託於鴻雁身上，表達自己希望早日回到故鄉的願望。

前兩句以「望鄉臺」與「送客杯」作對仗，突出詩人身在異鄉的孤獨和思鄉心切。首句點題，點明瞭時間是重陽節，地點是望鄉臺，以此來表達鄉愁，思鄉之情倍增。「他席他鄉送客杯」表明詩人當時是在異鄉的送別宴上喝著送客的酒，酒入愁腸，倍感淒涼。用「望鄉臺」與「送客杯」兩個詞直抒胸中之苦，感情強烈。

後兩句委婉別緻，借景抒情，用北雁南飛反襯北人久居南方思念故鄉的苦悶之情。每到秋天，北方的嚴寒氣候不再適合大雁生存，大雁便會飛往溫暖的南方，北雁南飛本是自然現象，而詩人偏將自己的思鄉之情附加在牠的身上，以「鴻雁」不知「南中」之苦來反襯自己的思鄉之情，這樣反覆地抒發更突出了鄉愁之濃烈。詩中「人情已厭南中苦」另有深意，源於王勃所作的〈鬥雞賦〉。在京城時，王勃見沛王李賢與英王李顯鬥雞，為給沛王助興，寫了一篇〈檄英王雞文〉，討伐英王的鬥雞。不料此文傳到唐高宗手中，高宗讀畢則怒而嘆道：「歪才，歪才！二王鬥雞，王勃身為博士，不進行勸誡，反倒作檄文，有意虛構，誇大事態，此人應立即逐出王府。」於是，王勃被逐出長安，來到巴蜀，功名利祿就這樣毀於一旦，直到南海的滔天海浪吞噬了這個曠世天才。

📖 拓展

「九」數在《易經》中為陽數，「九九」兩陽數相重，故曰「重陽」。因日與月均為九，故又稱為「重九」。九九歸真，一元肇始，古人認為九九重陽是吉祥的日子。_____時被定為正式節日，從此宮廷、民間一起慶祝重陽節。

A. 唐代　B. 西漢　C. 魏晉　D. 東漢

══ 重陽 ══

九月九日憶山東兄弟

〔唐〕王維

獨在異鄉為異客①，每逢佳節倍思親。
遙知兄弟登高②處，遍插茱萸③少一人。

📖 注釋

①異客：作客他鄉的人。②登高：此處指重陽節登山的風俗。③茱（ㄓㄨ）萸（ㄩˊ）：一種香氣濃郁的植物，舊時風俗於農曆九月九日折茱萸插頭，可以辟邪。

📖 譯文

獨自離家成為做客他鄉的人，每逢佳節特別思念家鄉親友。
遙想今日兄弟紛紛登上高處，都插上茱萸可惜缺少我一人。

📖 賞析

　　西元 715 年，王維 15 歲離家赴長安，直到 21 歲進士及第，都獨自一人漂泊在洛陽與長安之間。此詩是王維 17 歲時因重陽節思念家鄉的親友而作，抒發身在異鄉的遊子適逢佳節對故鄉親友深切的思念之情，引發揮廣泛共鳴，堪稱千古絕唱。

　　前兩句寫遊子在他鄉孤獨無親，在親友團聚的日子倍感懷親之情。開篇一個「獨」字，強烈地表達出一種難以排遣的孤獨感，兩個「異」字覆疊使用，把對親人的思念和自己孤身處境的感受都凝聚在了其中。王維的家鄉在河東蒲州（今山西省永濟市），雖然距離長安和洛陽並不遠，但古代交通不便，在山水阻隔下，兩地的人情風俗、生活習慣卻大不相同，「異鄉」的「異客」感到自己是漂浮在異地生活的一葉浮萍。「佳節」是「憶」的爆發點，17 歲的詩人，可能在平日裡還是達官貴人的座上賓，但每逢佳節來臨，達官貴人們都以家宴自娛，王維孤獨的感覺會更加深刻，思鄉之情也會更加強烈，所以直抒胸臆——「每逢佳節倍思親」。這既是詩人日常感受的昇華，又是長期客居異鄉的遊子在節日心情感受的概括和總結，有廣泛的共鳴性和代表性。

　　後兩句由己及人，更加深沉，表達珍視兄弟手足之情，思念家鄉親人之深。「遙知」是跨越空間的距離，在同一個時間的維度下，詩人巧妙地透過重陽節佩茱萸登高這一富有典型意義

的生活細節，來使思念之情具體化。「遍插茱萸少一人」是憶起了家鄉的兄弟們在重陽節佩戴茱萸登高時少了自己的情形，從而更加深刻地襯托出詩人身在他鄉的孤獨和無限思親的深情。

📖 拓展

王維才華早顯，幼年聰明過人，15歲時去京城應試，由於能寫一手好詩，工於書畫，而且還有音樂天賦，所以在京城期間一直成為王公貴族的寵兒。這一年胞弟王縉也回老家了，讓在京城舉目無親的王維倍感孤獨，思鄉情緒愈加濃重，遂作《九月九日憶山東兄弟》，詩中的山東是指_____以東。

A. 太行山　B. 泰山　C. 恆山　D. 華山

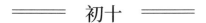

初十

憶秦娥·簫聲咽

[唐] 李白

簫聲咽①，秦娥②夢斷秦樓③月。秦樓月，年年柳色，灞陵④傷別。

樂遊原⑤上清秋節，咸陽古道音塵⑥絕。音塵絕，西風殘照⑦，漢家陵闕⑧。

📖 注釋

①咽（一ㄝˋ）：嗚咽，此處形容簫管吹出的曲調低沉而悲涼。②秦娥：娥，美人通稱，秦娥猶言秦女，相傳為春秋秦穆公女弄玉，泛指美貌的女子。③秦樓：傳說秦穆公為弄玉所建之樓。④灞（ㄅㄚˋ）陵：漢文帝陵，附近有灞橋，唐人折柳送別的所在，在今陝西省西安市。⑤樂遊原：在長安東南郊。⑥音塵：指音信，訊息，蹤跡。⑦殘照：指落日餘暉。⑧漢家陵闕：漢朝皇帝的陵墓。借漢喻唐，唐人詩中常見。

📖 譯文

簫聲悲涼嗚咽，女子從夢中驚醒時，高樓上正掛著一輪明月。

高樓上的明月，和橋邊青青的柳色，勾起灞陵一段傷心離別。

清秋佳節遙望「樂遊原」，通往咸陽的古道上，音信已斷絕。

音信斷絕，西風蕭瑟，殘陽如血，眼前只剩下一片漢朝陵闕。

📖 賞析

這首詞中的氣象博大深厚、意境開闊、氣韻沉雄，又帶有悲涼之氣。王國維在《人間詞話》中稱此詞「以氣象勝」。

詞的上闋傷別離。寫一個京城女子在一個月照高樓的夜晚，被嗚嗚咽咽、如泣如訴的簫聲驚醒了好夢，醒來一看，只有空寂

清冷的月色，心裡無比悲傷，一個「咽」字，渲染出整首詞境界之淒涼；一個「斷」字，烘托出秦娥內心的彷徨和失望。不禁勾起女子往年在灞橋折柳、依依不捨地送別愛人時的傷情回憶。

下闋出現較大的轉折，詞人將自身置入其中，進入繁華都城的歷史長河，實際上這是詞人以秦娥對情人的思念來表達自己內心對某種事或物的苦思與追求。「清秋節」點明是清涼的秋季，既補寫上闋沒有明寫的時間，又點染下闋冷清寂寥的氣氛。一句「樂遊原上清秋節」，手法極其巧妙，扣人心弦，足夠讓人想像長安都城人流如織的繁華之貌。藉由對秦、漢那樣赫赫王朝的遺跡 —— 咸陽古道、漢代陵墓的著筆，引發人們進入歷史的沉思 —— 悠悠「古道」，「音塵」已絕，「漢家陵闕」不必拘泥於漢家，是中晚唐時人傷亂之作。「西風殘照」，原本佳人相伴的歡樂節日也已成歷史，只留下主角孤單佇立在夕陽殘照，只剩下陵墓相伴的蕭瑟西風。如血的殘陽，宏偉的建築，在凜冽的「西風」百年、千年的侵蝕下，只留下眼前的「漢家宮闕」了，給人一種悲壯的歷史消亡感。

📖 拓展

詞中「樂遊原上清秋節」的「清秋節」是指_____。源於上古時代，普及於西漢，鼎盛於唐代以後。唐代是傳統節日習俗揉合定型的重要時期，在歷史發展演變中雜揉多種民俗為一體，如今更是承載了豐富的文化內涵。

A. 立秋日　B. 秋分日　C. 中秋日　D. 重陽日

醉花陰・薄霧濃雲愁永晝

［宋］李清照

　　薄霧濃雲愁永晝①，瑞腦②消金獸③。佳節又重陽，玉枕④紗廚⑤，半夜涼初透。

　　東籬⑥把酒黃昏後，有暗香⑦盈袖。莫道不銷魂⑧，簾卷西風⑨，人比黃花瘦。

📖 注釋

　　①永晝：漫長的白天。②瑞腦：一種薰香名，冰片的別名。③金獸：指獸形的香爐。④玉枕：如玉的瓷枕。⑤紗廚：用紗做成的帳子，用以避蚊蟲。⑥東籬：源自陶潛「採菊東籬下」句，泛指採菊之地，也特指詞人的小院。⑦暗香：這裡指菊花的幽香。⑧銷魂：形容極度憂愁、悲傷。⑨簾卷西風：秋風吹動簾子。

📖 譯文

　　薄霧瀰漫，濃雲密布，煩愁的白晝太漫長，薰香在金獸香爐中燃盡。

又到了重陽節，在紗帳中躺在瓷枕上，半夜感到涼氣正將全身浸透。

一邊賞菊，一邊飲酒，直到黃昏之後，那菊花淡淡的清香溢滿衣袖。

別說這樣就不會悲傷，秋風吹起簾子，簾內的人比那黃花更加消瘦。

📖 賞析

這首詞是李清照婚後不久所作，她深深思念著遠行的丈夫，時值重陽節，便寫下這首詞寄給趙明誠。

上闋透過秋天室內外的景物描寫，表現了詞人白日孤獨寂寞的悲傷愁懷、夜間孤枕難眠的淒苦之情。首句從天空布滿「薄霧濃雲」寫起，這種陰冷的天氣也最使人感到愁悶。「永晝」是詞人心理上的錯覺，感覺時間漫長無聊。看見香爐裡薰香已漸漸燒完了，可自己心中的愁思為何總縷縷不絕呢？可見「消金獸」的過程，是詞人打發時間的過程，寫出了消磨時間的無聊，同時又烘托出環境的寂冷。

下闋寫重陽節這天賞菊飲酒，只有佳人獨對西風、借酒澆愁的情景。「東籬把酒黃昏後」巧妙地化用了陶淵明的詩句，詞人這個重陽節也賞花，也飲酒，甚至還「有暗香盈袖」，此句化用了《古詩十九首》「馨香盈懷袖，路遠莫致之」句意。每逢佳節倍思親，酒後讓詞人想起重陽佳節時本應夫妻團圓，而如今卻自己孤

身一人，獨對良辰美景虛度光陰。詞人再無飲酒賞菊的情緒，於是，匆匆回到房中。「簾卷西風」一句直接為「人比黃花瘦」一句作環境氣氛的渲染，此時，瑟瑟「西風」掀起了簾子，簾內的人感到一陣寒意，想起剛剛把酒欣賞的菊花，它枝杈纖柔，花瓣細長，形態纖瘦。詞人在悲秋傷別時，度日如年，寢食難安，消愁無計，以花木之「瘦」比人之瘦，此句也成為千古傳誦的佳句。

📖 拓展

　　李清照的丈夫趙明誠是北宋著名的_____。據說，接到這首〈醉花陰〉後，不甘下風，廢寢忘食，三日三夜，寫出五十闋詞。他把李清照的這首詞也雜入其間，請文人陸德夫品評。陸德夫看後說：「只三句絕佳。」趙明誠問是哪三句？陸德夫言：「莫道不銷魂，簾卷西風，人比黃花瘦。」

　　A. 金石學家　　B. 文學家　　C. 儒學家　　D. 政治家

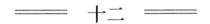

十二

風

[唐]李嶠

解落①三秋②葉，能開③二月花。

過江千尺浪，入竹萬竿斜④。

📖 注釋

①解落：解散，散落。②三秋：一說泛指秋季；一說指秋季第三個月，農曆九月。③開：使⋯⋯開。④斜：傾斜，歪斜。

📖 譯文

能夠吹落深秋的樹葉，可以催開初春的鮮花。

掠過江面捲起千尺浪，進入竹林能使竹竿斜。

📖 賞析

李嶠的詩有很多都是單字為題，如其代表作有〈風〉、〈梅〉、〈雨〉、〈竹〉、〈雪〉、〈霧〉等。寫「風」的就有幾首，其中這首最為出名。詩中巧用四種自然景物，把風的力量、風的柔情、風的強悍、風的瀟灑寫得淋漓盡致，為看不見、摸不到的「風」，營造了四種典型的藝術意境。

「解落三秋葉，能開二月花」是就風的功能而言的，秋風能令萬木凋零，春風卻又能令百花綻放。秋風颯颯，步履輕盈，像一團火，層林盡染，似一把刀，落葉歸根；春風柔美，恩澤萬物，輕吻柳枝，吹皺水面，春草又綠，春花又開，這就是詩人筆下風的力量。「解落」不像「掃落」或「刮落」，展現風的細心、輕柔、不急不慢，不狂不躁。「能開」是風在喚醒、催生、召喚，飽含春風的溫柔關懷，讓人倍感舒適。

「過江千尺浪，入竹萬竿斜」是就風的形象而言呈現兩種景象。「過江」捲發揮「千尺浪」是疾風，風疾才浪高，直衝雲霄；「入竹」引來「萬竿斜」是勁風，風勁竹才伏，雲飛雨住。詩人以「過」、「入」、「高」、「低」、「直」和「斜」六個字，把自然界物象在風的作用下所產生的變幻，鮮活而傳神地表現出來。

風為自然界之物象，本是看不見摸不到的，只能經由生命個體用心去感受或經由外物的變化才知曉。詩名為《風》，而全詩未出現一個「風」字，卻藉由「葉」、「花」、「江」和「竹」四種景物，因風帶來的外在形態變化，以「三」、「二」、「千」和「萬」數位排列來表現風的變幻，也表達了詩人對大自然的敬畏之情，讓人真切感受到風的魅力。

📖 拓展

李嶠早年在科舉考試中以甲等及第，文章曾與駱賓王齊名，後來在_____時期高居相位。只是，李嶠生活的時代太特殊，先後歷仕五朝，因其慣於趨炎附勢，所以遭到史家的負評。

A. 高宗　B. 睿宗　C. 武周　D. 玄宗

═══ 十三 ═══

送兄

[唐] 佚名

武后①召見，令賦送兄詩，應聲而就。

別路②雲初起，離亭③葉正稀。

所嗟④人異雁，不作一行歸。

📖 注釋

①武后：即武則天。②別路：送別的道路。③離亭：驛亭。古時人們常在驛亭送別。④嗟（ㄐ一ㄝ）：感嘆。

📖 譯文

兄妹離別路上秋雲初起，驛亭周圍樹葉紛紛飄落。

感嘆形單影隻不如大雁，無法一起做伴同行同歸。

📖 賞析

這首詩是武則天時期一位七歲的女孩在殿堂上面對武後和群臣應聲而作的。《全唐詩》對作者的介紹是「如意中女子」，其真名實姓、生卒年月、何地之人等皆無從考證。題目「送兄」點明主旨，定下全詩的基調，是送別兄長而命題所作。

前兩句「別路」與「離亭」點明地點和時間，情感脈絡由此

鋪開。「雲初起」一語雙關，一方面指天空中秋雲乍起，秋天的初雲，悠遠、空曠、飄渺，表現出詩人內心的不捨與悲涼；另一方面指與兄別離，自己將孤身一人，心中自然「愁雲初起」。「葉正稀」結合下句中詩人觸景生情聯想到的「雁」來推斷，應該是在一個秋風蕭瑟的季節。古人送別要折下柳枝，因「柳」與「留」諧音，有留住之意，「離亭」的「葉正稀」也有雙關之意，一方面秋風蕭瑟，樹葉已紛紛落下；另一方面此處的「離亭」，因前面不斷有人送別，使得柳枝折盡，漸漸稀少。這兩句營造了一種蕭條惆悵的離別氛圍，為後兩句的對比、反襯埋下了伏筆。

「所嗟人異雁，不作一行歸」是比興的寫法，將「人」和「雁」來比較，感嘆於二者的迥異。大雁可以根據季節的不同，成群結隊地排成一行，它們北飛南渡，是有規律、有季節性的，但詩人的兄長卻不能像大雁一樣，不僅形單影隻沒有結伴的朋友，而且何時能歸也是遙遙無期。「不作一行歸」抒發出了妹妹不能同哥哥同行的感慨，這是以大雁的同出同歸，反襯親人之間的離別，則離別之愁緒更甚。

📖 拓展

在中國歷史長河中，湧現不少「七齡思即壯，開口詠鳳凰，九齡書大字，有作成一囊」的神童，一方面，他們自小受到文化藝術的薰陶，對日後的詩歌創作有很大的影響；另一方面，他

們勤學苦練，刻苦好學，終成大器。據考證，以下詩詞不是詩人在七歲作的是＿＿＿＿＿。

A.駱賓王的〈詠鵝〉　　B.黃庭堅的〈牧童詩〉　　C.李賀的〈高軒過〉　　D.寇準的〈詠華山〉

十四

寄揚州韓綽判官①

[唐] 杜牧

青山隱隱水迢迢②，秋盡江南草未凋。
二十四橋③明月夜，玉人④何處教吹簫⑤。

📖 **注釋**

①判官：觀察使、節度使的屬官。當時韓綽（ㄔㄨㄛˋ）應任淮南節度使判官。②迢（ㄊㄧㄠˊ）迢：指江水悠長遙遠。③二十四橋：一說為歷史上揚州的二十四橋，已頹廢於荒煙衰草；一說揚州有一座橋名叫二十四橋。④玉人：貌美之人。這裡是杜牧對韓綽的戲稱。⑤簫：竹製的管樂器名。

📖 **譯文**

青山隱隱約約綠水千里迢迢，秋時已盡江南草木還未枯凋。

秋夜清幽明月映照二十四橋，你這美人身在何處教人吹簫。

📖 賞析

　　這首詩是杜牧任監察御史時，由淮南節度使幕府回長安供職後所作。全詩意境優美，景緻悠揚。

　　首句從大處落墨，畫出青山依依，隱於天際，綠水蜿蜒，悠長遙遠的遠景。「隱隱」和「迢迢」這一對疊字，不但刻劃出了山清水秀的江南風光，而且暗示出詩人與友人之間的空間距離，在想像中展現出江南繁華的景色。「秋盡江南草未凋」一作「草木凋」，有的版本將詩中的「未」字少了一筆。秋盡而草木凋，自是常事，但此時杜牧在淮南而寄揚州的韓綽，應該厭惡淮南草木搖落，而羨慕江南之繁華，若作「草木凋」，則與「青山」、「明月」以及「玉人吹簫」的意境不一樣了。

　　「二十四橋明月夜，玉人何處教吹簫」展現出詩詞獨特的意境美。這樣的月色如詩如畫，如夢如幻，月色浪漫，令人眷戀，不禁引人深深的惆悵情思和無限遐想。杜牧在〈遣懷〉詩中第三句有「十年一覺揚州夢」，說明他記憶中最美的印象是在揚州。「二十四橋」一說揚州城裡原有二十四座橋，一說吳家磚橋因古時有二十四位美人吹簫於橋上而得名。「玉人」既可藉以形容天生麗質的女子，又可比喻風流俊美的才郎，從贈詩的作法及末句中的「教」字看來，此處「玉人」當指韓綽。

　　全詩將草木未凋之秋，橋上吹簫之夜，喧嘩都城之戀融為一體，在靜謐的月光下，彷彿聽到嗚咽悠揚的簫聲，飄散在已

涼未寒的江南秋夜，迴盪在青山綠水之間。

📖 拓展

　　杜牧是唐代傑出的詩人、散文家，是宰相杜佑之孫，杜從鬱之子。他在文學創作上有多方面的成就，詩、賦、古文都是名家，喜老莊道學。杜牧晚年居長安南的_____，閒暇之時經常在這裡以文會友。

　　A.藍田別墅　B.終南別墅　C.輞川別墅　D.樊川別墅

═══ 十五 ═══

靜夜思

[唐]李白

　　床①前明月光，疑②是地上霜。
　　舉頭望明月③，低頭思故鄉。

📖 注釋

　　①床：爭議較多，其中「井欄」和「臥具」這兩種說法支持者最多。②疑：懷疑，好像，似乎。③舉頭望明月：此為明代版本，流傳度很高，並被收錄於各版本的語文教科書中。清朝時期的《唐詩三百首》與此相同。南宋洪邁《萬首唐人絕句》的〈夜思〉為「舉頭望山月」。

📖 譯文

床前一片皎潔的月光，像地上鋪了一層白霜。

抬頭仰望夜空的明月，低頭思念遠方的家鄉。

📖 賞析

〈靜夜思〉寫於西元 726 年九月十五日，這是李白出蜀後的第一年，獨在異鄉揚州，夜晚抬頭望見天空的一輪皓月，思鄉之情油然而生。詩中沒有華麗的辭藻，卻意味深長，耐人尋味，千百年來流傳不衰。

首句直接呼應詩的題目，流露出在靜謐的夜色裡，產生的羈旅思緒。「床前明月光」可謂平實樸素至極，以此清靜之景來襯托詩人的寂寞孤單。「床前明月光」有作「床前看月光」，中間嵌進一個動詞，語氣稍顯滯重，而且「月光」是無形的東西，不好特意去「看」，如果特意「看」，也就不會錯當成「霜」了，而說「明月光」，則似不經意間月光映入眼簾，更加朗朗上口，這也是「床前明月光」版更受歡迎的原因。次句的「疑」字更耐人尋味，具體地揭示了詩人的內心活動。此時是農曆九月十五，已值深秋，月白霜清，以「霜」色形容月色，展現出詩人奇特新穎的想像。秋月是分外光明，秋色又十分清冷，對孤身遠行的遊子來說，最容易觸動旅思情懷。

後兩句用一「望」一「思」寫遠客思鄉之情。古時，夜間沒

有今日的燈火闌珊、霓虹閃爍，明月自然是唯一能普照大地的光源了，它不僅照耀詩人自身，還照耀遠在千里之外的家鄉，以「明月」來寄託所思所想是最為簡便和直接的。「舉頭望明月」一作「舉頭望山月」，「望明月」較之「望山月」不但擺脫了地理環境的限制，還有同是天涯明月夜的感受，這也是「舉頭望明月」版更受歡迎的原因。從「舉頭」到「低頭」，抒發了詩人在寂靜的月夜不能成眠，思念家鄉一山一水、一草一木的真切感受。

📖 拓展

李白的〈靜夜思〉構思細緻，自然精巧，脫口吟成，渾然無跡，內容容易理解，卻又體會不盡。詩中的「床」字卻成為歷來爭論和異議的焦點，各家說法頗多，其中解釋不當的是_____。

A. 同「窗」　B. 胡床　C. 供睡覺用的家具　D. 井臺

═══ 十六 ═══

宣州謝朓樓餞別校書叔雲①

[唐] 李白

棄我去者，昨日之日不可留；亂我心者，今日之日多煩憂。

長風萬里送秋雁，對此可以酣②高樓。

蓬萊文章③建安骨④，中間小謝⑤又清發⑥。

俱懷⑦逸興⑧壯思飛，欲上青天覽⑨明月。

抽刀斷水水更流，舉杯消愁愁更愁。

人生在世不稱意⑩，明朝散髮弄扁舟。

📖 注釋

①宣州謝朓（ㄊㄧㄠˇ）樓餞別校（ㄐㄧㄠˋ）書叔雲：在今安徽宣城謝公樓以酒食送行祕書省校書郎叔叔李雲。②酣（ㄏㄢ）：暢飲。③蓬萊文章：指李雲的文章。④建安骨：建安風骨。⑤小謝：指謝朓，南朝齊詩人。⑥清發（ㄈㄚ）：指俊逸的詩風。⑦俱懷：都懷有。⑧逸興（ㄒㄧㄥ）：飄逸豪放的興致。⑨覽：通「攬」，摘取。⑩稱（ㄔㄥˋ）意：稱心如意。散（ㄙㄢˇ）髮（ㄈㄚˋ）：去冠，披髮，指隱居。扁（ㄆㄧㄢ）舟：指隱逸於江湖之中。

📖 譯文

昨天的日子漸漸離我遠去，已經不可能挽留；

今天的日子擾亂了我的心，充滿著無限煩憂。

萬里長風送走秋雁，面對美景正可高樓酣飲。

您的文章如建安風骨，我有謝朓詩風的清秀。

我們都滿懷豪情逸興，欲飛上青天摘取明月。

拔刀斷水水卻奔流，舉杯消愁心中更加憂愁。

人生在世不能稱心如意，不如明日隱逸江湖。

📖 **賞析**

詩的前兩句淺顯易懂，詩人深感日月不居，時光難駐，心事煩憂。可以理解為：拋棄我的昨天，已經留不下了，擾亂我心思的今天，卻又惹人心煩。「長風」兩句將一幅壯闊明朗的萬里秋空畫圖躍然紙上，展現出詩人豪邁寬廣的胸襟。人生得失相依，失之東隅，收之桑榆，詩人放下無奈，對著遼闊明淨的秋空，遙望萬里鴻雁的壯美景色，不由得激發揮酣飲高樓的豪情逸興。

接下來讚美李雲的文章風格剛健有力，具有「建安風骨」，自己的詩像「謝朓」那樣，也別具清新風格，流露出對自己才能的自信。這兩句自然地扣住了題目中「謝朓樓」和「校書」兩個關鍵詞。李雲時任祕書省校書郎，掌管朝廷的圖書整理工作。既然彼此都懷有豪情逸興，雄心壯志，酒酣興發，更是飄然欲飛之時。結句「抽刀斷水水更流，舉杯消愁愁更愁」的比喻是奇特而富有獨創性的，同時又是自然貼切而富有生活氣息的。「人生在世不稱意」，畢竟人生不如意十之八九，李白心中的鬱悶與不平，在當時的歷史條件下，是無法解決的，故藉著酒力云：「散髮弄扁舟」，抒發個人心情。

📖 **拓展** ···

因為東漢時學者稱東觀（政府的藏書機構）為道家蓬萊山，唐人又多以「蓬山」「蓬閣」指_____。

A. 祕書省　B. 尚書省　C. 門下省　D. 中書省

═══ 十七 ═══

菊花

　　　　　　　　　　　　　　　　　　　［唐］元稹

秋叢①繞舍似陶家②，遍繞籬邊日漸斜。

不是花中偏愛菊，此花開盡③更無花。

📖 **注釋** ···

①秋叢：指叢叢秋菊。②陶家：指陶淵明的家。③盡：完畢。

📖 **譯文** ···

叢叢秋菊圍繞房舍好似陶潛的家，圍繞籬笆賞菊不知不覺天色已晚。

並非我在百花之中特別鍾愛菊花，只是秋菊謝後再也看不到鮮花了。

📖 賞析

這是一首詠物詩。詩人透過觀賞在一年中開放最晚的菊花，表達出自己特別喜愛菊花的原因，並不在於它無意與百花爭春的謙讓與淡泊，而在於它凋謝後再無鮮花，顯示出菊花在蕭瑟深秋中獨鬥風霜的風姿。平淡樸實的辭藻也為菊花的風骨增添了清新隱逸、高風亮節之德。

「秋叢繞舍似陶家」的「繞」字寫屋外所種菊花之多，給予人環境幽雅之感。中國傳統文化中有很多植物意象，如梅、竹、菊等，它們常與文化名人連結在一發揮，並被賦予特定的文化內涵。例如，竹對應東晉王子猷（一ㄡˊ），梅對應宋代詩人林逋（ㄅㄨ），從「採菊東南下，悠然見南山」之句流傳於世開始，菊花就成了陶淵明專屬的文化符號，唐人已將菊花稱為「陶菊」或「陶家菊」。詩人將種菊的地方比作「陶家」，可見秋菊花開之盛。「遍繞籬邊日漸斜」表現了詩人專注地欣賞菊花之貌的情形。「繞」是走曲折的路，詩人被菊花深深地吸引了，在菊花從中駐足、徘徊，直至太陽西沉，表現了詩人賞菊時那種悠閒的情態。「日漸斜」映襯的色調與「秋叢」的色調溫暖和諧，色調統一，字裡行間充滿了喜悅的心情。

後兩句直抒胸臆，點明詩人「愛菊」的真正原因。先是筆鋒一轉，以否定的句式引起讀者的注意，指出自己並非沒來由地鍾情菊花，然後引出「此花開盡更無花」的答案顯得更加真實。時至深

秋，百花盡謝，唯有菊花能經風霜而不凋，這與熱愛生活、熱愛自然、充滿感情的詩人多麼契合啊！這樣的回答既讚美了菊花高潔的操守、堅強的品格，又以此來表達詩人對人生境界的追求。

📖 拓展

元稹是北魏宗室鮮卑拓跋部後裔，他既重友情也重感情，友情方面，他與白居易同科及第，後來兩人都先後遭貶，於是，他們經常聯繫，互相鼓勵和慰藉，結為終生詩友。感情方面，元稹的初戀是崔鶯鶯，並作〈鶯鶯傳〉，講述貧寒書生張生對沒落貴族女子崔鶯鶯的愛情悲劇故事。元稹的原配夫人是韋叢，兩人感情甚好，但七年後，妻子韋叢病逝，元稹作〈＿＿＿＿〉，為世人留下「曾經滄海難為水，除卻巫山不是雲」的千古佳句。

A. 愁思　B. 秋思　C. 幽居　D. 離思

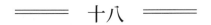

＝＝ 十八 ＝＝

行軍九日思長安故園

[唐] 岑參

強①欲登高②去，無人送酒③來。

遙憐④故園菊，應傍⑤戰場開。

📖 注釋

①強（くーたˇ）：硬要，迫使，盡力。②登高：重陽節有登高賞菊飲酒以避災禍的風俗。③無人送酒：借陶淵明的典故，據《陶淵明傳》記載，陶淵明有一次過重陽節，沒有酒喝，在菊花叢中獨自悶坐，這時正好江州刺史王弘送酒來了，於是醉飲而歸。④憐：可憐。⑤應傍：應該靠近、接近。

📖 譯文

重陽佳節很勉強地去登高，沒有人能給我送酒來了。

遙望故鄉憐惜那裡的菊花，大概會開在殘垣斷壁下。

📖 賞析

首句一個「強」字就表現出詩人在戰亂中的淒清景況，「登高」二字緊扣題目中的「九日」，點明了時間和題意。「登高去」表現出強烈的無可奈何的情緒。完全不是「驅車登古原」的心情，透著一些淒涼之意，流露出濃郁的思鄉情緒。

第二句「無人送酒來」借用了陶淵明的一個典故，扣住詩題中的「行軍」二字。當時陶淵明也是一個人過重陽節，起初沒有酒喝，正在路邊的菊花叢裡駐足，這時有人為陶淵明送酒來，於是飲酒助興，共度佳節。如今卻沒人能給詩人送酒，從側面反映時過境遷，今非昔比。如今安祿山起兵叛亂，長安淪陷，

尚未收復（這首詩的原注說：「時未收長安」），大唐百姓民不聊生，哪裡還是盛世太平？

後兩句聯想到長安家園的場景，詩人對飽經戰爭憂患的人民大眾寄寓同情。一個「遙」字渲染自己和故園長安相隔之遠，烘托詩人深切的思鄉之情。一個「憐」字強烈表達詩人對故鄉菊花的深深眷戀，更寫出詩人對「故園菊」開在戰場上的長長嘆息，百般憐惜。原本故鄉的菊花正是爭奇鬥豔、百般芳菲的時候，現在只能在想像中了。長安城內，那些金黃的菊花殘敗地開在殘垣斷壁下，它們或目睹了戰場廝殺的傷哀，或逃不過刀槍劍戟的瘋狂屠戮。

📖 拓展

岑參的詩既有田園詩人的悠然豁達，也有邊塞詩人的昂揚奮發。他行千里路，寫萬卷詩，腳步不止，筆耕不輟，為了心中的抱負理想，詩人一生曾_____出塞，半生飄零在外。西元757 年，詩人從遙遠的北庭追隨唐肅宗至鳳翔，看到動亂之後的大唐，群雄割據，山河失色，滿目瘡痍。九月九日，長安城外「強欲登高去」的岑參，遙望故鄉，不禁淚滿衣襟。

A. 兩度　B. 三度　C. 四度　D. 五度

══ 十九 ══

魯山山行

[北宋]梅堯臣

適①與野情愜②，千山高復低。

好峰隨處改③，幽徑④獨行迷。

霜落熊升樹⑤，林空鹿飲溪⑥。

人家在何許⑦，雲外⑧一聲雞。

📖 注釋

①適：恰好。②野情愜（ㄑ一ㄝˋ）：山野之情心滿意足。③隨處改：山峰隨觀看的角度而變化。④幽徑：很僻靜的路，清幽的小路。⑤熊升樹：一說為熊爬上樹；一說為天空中大熊星座升上樹梢。⑥鹿飲溪：鹿在飲溪水。⑦何許：何處，哪裡。⑧雲外：形容很遠。

📖 譯文

魯山重巒疊嶂錯落有致，恰好迎合我的山野之情。

山峰在眼前不斷地變換，獨自在小路上沉迷遊覽。

霜雪消融看見熊在爬樹，山林空蕩看見鹿在飲水。

不知山裡人家住在哪裡，雞鳴聲音從很遠處傳來。

📖 賞析

　　詩中綿延的魯山重巒疊嶂，千峰景色競秀，高低錯落有致，一片清新自然，展現詩人喜愛山野自然的高雅之情。

　　首聯寫山行之意，表露出詩人有喜愛山野的情趣。前兩句的順序是倒置的，先有「千山高復低」的重巒疊嶂，群山繚繞，山路崎嶇，再有「適與野情愜」，詩人在山中行走興致勃勃，說明正與自己愛好山野風光的情趣契合。

　　頷聯是山行之趣。山勢變化，曲徑通幽，沉迷野趣。正因為「好峰隨處改」，詩人行到一處，便發現一處不同的景緻，路上行走，沉醉於遊覽的野趣，竟忘記走到什麼地方了。「幽徑」是一條清幽的小路，用一個「迷」字，進一步展示了「千山高復低」的圖景。

　　頸聯是山行所見。此時是深秋時節，霜降臨空，山林空蕩，詩人不但看見山中獨有的景色，還能見到「熊升樹」和「鹿飲溪」這樣的畫面，一幅原生態的野景便映入眼簾。可見山中其實並不真的空寂，這裡的人、動物、植物與自然和諧地存在於秋日的山景圖中，怡然自得。

　　尾聯巧妙地運用了設問手法，寫山行所想。「人家在何許，雲外一聲雞」與「空山不見人，但聞人語響」的意境相同。雞是家禽，本不應該出現在有熊出沒的地方，說明在這「幽徑」深處「雲外」遠處還有人家，為整個詩境帶來了人氣，帶來了生機，

使山野變得靜謐而不是死寂，進一步表達出詩人超脫、淡泊、閒適、恬靜的心態。

📖 拓展

梅堯臣出身農家，他酷愛讀書，少時便能詩，但鄉試未中，只好跟隨叔父推恩蔭補。當時文壇上流行華麗工整的駢文，梅堯臣不滿於駢文的拘謹，認為只是效法先秦兩漢的古人手段，他力圖打破當時陳腐的文風，與＿＿＿＿發動一場聲勢浩大的詩文革新運動，對北宋詩壇有著巨大的影響。

A. 歐陽修　B. 秦觀　C. 劉克莊　D. 曾幾

══ 霜降 ══

山行

[唐] 杜牧

遠上寒山石徑①斜，白雲生②處有人家。
停車坐③愛楓林晚④，霜葉⑤紅於⑥二月花。

📖 注釋

①石徑：石子鋪成的小路。②生：產生，出生。一作「深」。③坐：因為，由於。④楓林晚：傍晚時的楓樹林。⑤霜葉：指經霜變紅的楓葉。⑥紅於：比 …… 更紅。

📖 譯文

石頭小路蜿蜒曲折地延伸向遠山，白雲升騰的地方居住幾戶人家。

因為喜愛傍晚楓林景色而停下車，經霜的楓葉比二月的花更紅豔。

📖 賞析

這首詩淡雅地展現出一幅色彩絢爛、風格明麗的山林秋色圖。詩人以情馭景，敏捷準確地捕捉到自然美，並把自己的情感融入其中，使情感美與自然美水乳交融，和諧統一，互為一體。

「遠上寒山石徑斜」首句便布局精巧，富有新意，寫一條石頭小路蜿蜒曲折地伸向遠山。「寒」字點明深秋季節，也為下文的「晚」字和「霜」字埋下伏筆。「遠」字則寫出山路的悠長，「斜」字又照應句首的「遠」字，顯得小路彎彎曲曲，蜿蜒而上。「白雲生處有人家」是一處遠景。「生出」也作「深處」，「深」可以理解為在雲霧繚繞的深處，「生」可以理解為在形成白雲的地方，都說明詩人看到遠處白雲從山嶺中升起，迴旋繚繞，既可見山之高，也可見山之幽。首句中是「石徑」，說明山裡有路，還是行人常走的路，與此處「有人家」相互呼應。「有人家」為全詩平添了一份生機，讀者彷彿看到遠處炊煙裊裊，聞見雞鳴犬

吠，令整個畫面充滿生氣。

「停車坐愛楓林晚」說明楓林晚景觸發詩人欣喜之情，這傍晚楓林的美景，宛若一幅色彩熱烈、豔麗的山林秋色圖。詩人情不自禁，顧不得時間已晚，也要停下來領略這山林的大好風光。

第四句說明喜愛楓林的原因。深秋經霜變紅的楓葉，層林盡染，猶如彩霞，更顯出秋色的迷人之態。詩人筆下的秋日並不會給人帶來傷感，反而「霜葉」要比江南二月的春花還要火紅，使秋天更富有生機。「寒山」、「石徑」、「白雲」、「人家」與「楓林」五種景物構成一幅和諧統一的畫面，也展現出詩人具有昂揚向上的精神。

📖 拓展

在語言的三個要素中，語音是最容易受到影響而改變的，其次是詞彙，語法則相對穩定。朝代更替、人口遷徙、戰爭入侵等都會影響漢語語音的發展，中國歷史上北方人口活動頻繁，而南方則相對穩定。現存的_____是中原古漢語的「活化石」，保留中原地區許多古漢語詞語的發音特徵。

A. 吳越語　B. 客家語　C. 閩南語　D. 中原官話

廿一

雁門太守行

〔唐〕李賀

黑雲①壓城城欲摧，甲光②向日③金鱗開④。

角聲⑤滿天秋色裡，塞上⑥燕脂⑦凝夜紫⑧。

半卷紅旗臨易水⑨，霜重鼓寒⑩聲不起。

報君黃金臺上意，提攜玉龍為君死。

📖 注釋

①黑雲：形容戰爭形勢。②甲光：鎧甲的光芒。③向日：一作「向月」。④金鱗開：像金色魚鱗一樣閃閃發光。⑤角聲：軍中號角聲音。⑥塞上：一作「塞土」。⑦燕脂：即胭脂，指塞上泥土猶如胭脂凝成。⑧凝夜紫：在暮色中呈現暗紫色。⑨易水：河名，在今河北省境內。⑩霜重鼓寒：天寒霜重戰鼓凝凍。聲不起：聲音低沉。報：報答。黃金臺：在今河北省保定市定興縣高裡鄉，亦稱招賢臺，戰國時期燕昭王所築。玉龍：指寶劍。

📖 譯文

敵兵向黑雲一樣兵臨城下，戰士們的鎧甲在陽光照射下閃爍金光。

　　秋色裡號角聲音響徹天空，邊塞將士臉上泥土和血凝結成暗紫色。

　　軍隊紅旗半捲著趕赴易水，天氣寒冷，霜氣凝重，戰鼓聲音低沉。

　　為了報答國君誠意和厚愛，手裡揮舞著寶劍，甘願為國血戰到死。

📖 賞析

　　首聯渲染敵軍兵臨城下的緊張氣氛和危急形勢，表現了戰爭形勢的緊迫。詩人運用比喻，誇張手法，把敵軍比作「黑雲」，既寫出敵軍人馬眾多、來勢凶猛，又突出敵人的猖獗、囂張，顯示軍情十分緊急。「城欲摧」表現了兵臨城下的形勢，忽然之間，風雲變幻，一縷日光從雲縫裡透射下來，映照在守城將士的鎧甲上，只見金光閃閃，耀人眼目，軍隊的裝備、氣勢、風貌都淋漓盡致地表現出來。

　　頷聯分別從聽覺和視覺兩方面書寫慘烈的戰地氣氛。時值深秋，萬木搖落，角聲嗚咽，十分悲涼。「塞上燕脂凝夜紫」則從色彩層面來烘托。此時戰場上鮮血遍染，在暮靄凝聚下呈現出暗紫色，為這幅邊塞的畫面抹上了一層悲壯的色彩。

　　頸聯描寫一場驚心動魄的大規模戰鬥正在進行。「半卷紅旗臨易水」使人聯想起「風蕭蕭兮易水寒，壯士一去兮不復還！」

喻示將士們無所畏懼勇往直前，展現出將士不畏困難、時刻準備慷慨赴死的頑強意志。

尾聯讚頌了邊關將士的戰鬥意志和誓死為國的壯志豪情。詩人引用戰國時燕昭王在易水修築黃金臺的故事，面對重重困難，將士們毫不氣餒，抒發全體將士報效朝廷的決心。

值得注意的是，這首詩幾乎句句都有色彩，如金色、紫色、紅色，非但鮮明，而且濃豔，這幾種豔色和黑色、秋色交織在一起，構成一幅色彩斑斕的畫面。

📖 拓展

詩中「雁門」、「臨易水」、「塞上」與「黃金臺」都表明交戰的地點，這場戰爭可能是寫朝廷與_____的戰爭。

A. 匈奴之間　　B. 吐蕃之間　　C. 黃巢之間　　D. 藩鎮之間

═══ 廿二 ═══

山中

[唐]王維

荊溪①白石出，天寒紅葉②稀。
山路元③無雨，空翠④溼人衣。

📖 **注釋** ┈┈┈┈┈┈┈┈┈┈┈┈┈┈┈┈┈┈┈┈┈┈┈┈┈┈┈┈┈┈┈┈┈┈┈┈┈

　　①荊溪：本名長水，又稱滻水、荊谷水。②紅葉：楓樹、黃櫨、丹楓、火炬、紅葉李等樹的葉子統稱紅葉。③元：原，本來。④空翠：指青色的潮溼的霧氣。

📖 **譯文** ┈┈┈┈┈┈┈┈┈┈┈┈┈┈┈┈┈┈┈┈┈┈┈┈┈┈┈┈┈┈┈┈┈┈┈┈┈┈┈

　　白石顯露在潺潺流過的荊溪，天氣寒冷紅葉已經稀稀疏疏。山間小路上本來並沒有下雨，衣裳大概被潮溼的霧氣沾溼。

📖 **賞析** ┈┈┈┈┈┈┈┈┈┈┈┈┈┈┈┈┈┈┈┈┈┈┈┈┈┈┈┈┈┈┈┈┈┈┈┈┈┈┈

　　這是一幅由小溪、白石、紅葉、山間小路和濃濃的霧氣所組成的山中秋末冬初景色圖，色彩斑斕，鮮明生動，富有詩情畫意。

　　首句言地點，大概是荊溪穿行在山中上游的一段。山谷之中是靜謐的，此時天寒水淺，溪水分外清澈，山溪變成涓涓細流，露出粼粼白石。山谷之中特別靜謐，詩人沿著一條曲折迂迴的山路行走，可以聽到溪水在大石塊的阻擋下發出的潺潺聲音。紅葉本是秋天的特點，現在已經凋落得稀稀疏疏了，這裡那裡點綴著幾片紅葉，反倒更為顯眼，不給予人蕭瑟凋零之感，而是引起對美好事物的珍重和留戀。

　　前兩句是山中景色一兩個區域性的特寫，後兩句則展示出

它的全貌。儘管天寒，但整個秦嶺山中，仍是蒼松翠柏，鬱鬱蔥蔥，山路就穿行在無邊的濃翠之中。陶淵明的〈歸園田居〉寫「道狹草木長，夕露沾我衣。」「沾衣」是實寫，王維〈山中〉的「溼人衣」既是實寫，又是虛寫，展示了雲封霧鎖的深山有另一種美妙境界，是只有行進在山中才能產生的幻覺和錯覺，抒寫了濃翠的山色給人的詩意感受。

正如王維說山水詩要展現「詩中有畫，畫中有詩」的境界。無論是「荊溪白石出，天寒紅葉稀」，還是「空山新雨後，天氣晚來秋」；無論是「人閒桂花落，夜靜春山空」，還是「大漠孤煙直，長河落日圓」，無不展現出王維參禪悟理、詩畫結合的寫作特點。

📖 拓展

這首小詩是王維在山行時有感而作，描繪秦嶺山中景色，「荊溪」本名長水，又稱滻水、荊谷水，源出陝西秦嶺山中，北流至長安東北入灞水。這裡寫的大概是穿行在今山中_____的一段。全詩意境空濛，如夢如幻，詩風清新明快，寫法從一般見特殊，達到新穎獨特的藝術效果。

A. 周至縣　B. 藍田縣　C. 洛川縣　D. 扶風縣

廿三

江上

[北宋] 王安石

江北①秋陰一半開，晚雲含雨卻低徊②。

青山繚繞③疑無路，忽見千帆隱映④來。

📖 注釋

①江北：長江以北。②低徊：緩慢移動的樣子。③繚繞：迴環旋轉。④隱映：隱隱地顯現出。

📖 譯文

大江北面，天空中烏雲被秋風撕開一半，暮雲低垂，雨意濃重緩慢徘徊。

遠處青山阻擋住江水的去路，懷疑無路，忽然看到無數船帆隱隱駛過來。

📖 賞析

大江大河之景是古代詩人鍾情之境，精妙之作林林總總。王安石晚年辭官閒居於江寧府，寫了不少精緻淡雅的山水絕句。此詩就是他泛舟江上所見的景物以及因此獲得精神啟悟而作。

　　首句先點明時間、地點。秋天的天氣變幻無常，江上雨過天還未晴，烏雲半開，景色黯淡，淡雅幽遠。結合「晚雲含雨卻低徊」一句，各種遠景構成一幅秋江暮雲圖。「低徊」本來指人在沉思或若有所思時的往復徘徊，這裡卻用來表現含雨的暮雲低垂而緩慢移動的樣子，為「晚雲」增添了緩緩移動的「腳」，形象貼切，頗有情趣。「秋陰」密布，「晚雲」低沉，表示此時的光線半明半暗，神光離合。

　　三、四兩句從低雲轉到遠處的青山。重重疊疊的青山彷彿迴環旋轉，正是山勢曲折纏繞、江流迂迴婉轉的樣子。畢竟在這樣的光線下，詩人視野被阻斷，前程一片渺茫，心頭不禁湧起一陣困惑，路究竟在何方？「忽見千帆隱映來」是全詩點睛之筆，詩人告訴人們，所有艱難險阻都是通向人生驛站的鋪路石。詩人特意用「千帆」不用「獨帆」，展示出千帆競渡的場面非同一般，氣勢如激流澎湃，如霹靂弦驚。只要人們正視現實，面對重重艱難險阻，不退縮，不畏懼，在冷靜的等待中積極進取，前方將是一個充滿光明與希望的嶄新境界。

　　詩人在字裡行間巧妙地暗含山重水復之際，往往也是柳暗花明之時，表達困難與黑暗中往往蘊含著希望和光明的道理。

📖 拓展

　　王安石是北宋著名政治家、思想家、文學家、改革家，唐宋八大家之一。王安石哲學思想豐富，其所倡導的「荊公新學」

是北宋道學思想中非常重要的一個學派，「新學」一般指王安石主持編訂的_____，集中展現了王安石「以經術造士」的思想。他的許多哲學思想都是其變法思想的指導來源，也象徵著漢唐經學的真正結束和宋學的全面展開。

　　A.《三經新義》　B.《皇極經世》　C.《經學理窟》　D.《識仁篇》

═══ 廿四 ═══

漁家傲‧秋思

[北宋] 范仲淹

　　塞下①秋來風景異，衡陽雁去②無留意。四面邊聲③連角起。千嶂④裡，長煙落日孤城閉。

　　濁酒一杯家萬里，燕然⑤未勒⑥歸無計。羌管⑦悠悠⑧霜滿地。人不寐⑨，將軍白髮征夫⑩淚。

📖 **注釋**

　　①塞下：指西北邊境。范仲淹時任陝西經略副使兼延州知州。②衡陽雁去：即「雁去衡陽」，傳說秋天北雁南飛，至湖南衡陽回雁峰而止，不再南飛。③邊聲：邊塞特有的聲音，如馬嘶、風號等聲音。④千嶂（ㄓㄤˋ）：形容山巒眾多。⑤燕然：即今蒙古國境內之杭愛山。⑥未勒（ㄌㄜˋ）：指戰事未平，功

名未立。勒：雕刻。⑦羌（ㄑㄧㄤ）管：即羌笛，古代西部羌族的一種樂器。⑧悠悠：形容飄動的樣子。⑨寐（ㄇㄟˋ）：睡。⑩征夫：出征的士兵。

📖 **譯文**

邊境的秋天一來風景大不相同，大雁飛向衡陽毫無留戀之意。號角催吹下，四面八方傳來邊地的聲響。層巒疊嶂裡，長煙直上，落日斜照，孤城緊閉。

飲一杯濁酒，思念萬里之外的家鄉，可戰事未平，歸鄉之計無從談起。寒霜滿地聽到羌笛的悠悠之聲。思鄉憂國，將軍白髮，戰士垂淚，將士們無法入睡。

📖 **賞析**

上闋寫景，描繪邊塞的荒涼和苦寒，烘托出濃厚的悲涼氣氛。「塞下」點明了延州所在的區域，唐宋時轄境相當於今陝西延安市的安塞區、延長縣、延川縣、志丹縣等地。西元 1040 年八月，范仲淹到任後，整頓軍備，修築城池，加強禦敵。「衡陽雁去無留意」是說這裡的雁到了秋季即向南遷徙，毫無留戀之意，反襯了「塞下」寒風蕭瑟，滿目荒涼。「邊聲連角起」寫出軍中號角催吹，周圍的邊聲也隨之而起，讓讀者彷彿置身於邊關城樓之上，四周充滿肅殺之氣。「長煙落日孤城閉」的詞句，使人聯想到王維「大漠孤煙直，長河落日圓」的奇特壯美景象。

「千嶂」、「長煙」、「落日」與「孤城」共同展現出一幅戰地風光。

下闋抒情，表達詩人壯志難酬之意和思鄉憂國之情。「一杯」與「萬里」之間形成了懸殊對比，上闋中「孤城閉」可隱約感知戰事緊張，「燕然勒功」是東漢名將竇憲追擊北匈奴，出塞三千餘里，至燕然山刻石記功之事，此處指建立或成就功勳。如今「燕然未勒」，是戰事未平，尚無功勳，自然還鄉之計是無從談起的。「羌管悠悠霜滿地」寫夜景，在時間上是「長煙落日」的延續。「滿」字將大地盡染秋霜，給予人淒清、悲涼之感。此情此景，將士無法入睡，難免在悠悠的「羌管」聲中思念家鄉，想念親人。用「將軍」的「白髮」和「征夫」的「淚」，刻劃出邊關將士的報國情懷和思鄉之情。

📖 拓展

唐代詩人王勃在〈滕王閣序〉中有「雁陣驚寒，聲斷衡陽之浦」之句。杜甫也曾居衡陽，曾有「萬里衡陽雁，今年又北歸」的詩句。回雁峰為＿＿＿＿＿七十二峰之首，傳說北雁南來，至此過冬，待來年春暖而歸。

A. 黃山　　B. 大庾嶺　　C. 衡山　　D. 羅浮山

══ 廿五 ══

夜書所見

〔南宋〕葉紹翁

蕭蕭①梧葉送寒聲，江上秋風動客情②。

知③有兒童挑④促織⑤，夜深籬落⑥一燈明。

📖 注釋

①蕭蕭：形容風吹樹木發出的聲響。②客情：旅客思鄉之情。③知：曉得，明瞭。④挑（ㄊㄧㄠˇ）：用條狀物或有尖的東西撥開或弄出來。⑤促織：蟋蟀、蛐蛐的別名。⑥籬落：籬笆。

📖 譯文

梧桐葉蕭蕭作響送來陣陣寒意，江上的秋風引起遊子思鄉之情。

深夜看到遠處籬笆有一盞燈火，料想是孩子們在那裡撥弄蟋蟀。

📖 賞析

這首詩是詩人客居異鄉、夜靜感秋之作。但詩人不寫如何獨居驛站，思念家鄉，而側重於白描夜間小景，透過江上秋風，梧葉蕭蕭，草木凋零，夜捉蟋蟀，巧妙地反襯心情，更顯

客居他鄉的孤寂無奈。

　　前兩句寫景，借落葉飄飛，秋風瑟瑟，寒氣襲人烘托遊子漂泊流浪、孤單寂寞的淒涼之感。首句就喚起讀者聽覺感知，「梧葉」發葉較晚，而秋天落葉早，葉大，風吹落葉聲音較響，景象淒清，成為文人筆下孤獨憂愁的典型意象。「送」字靜中顯動，將「寒聲」「送」來，想像巧妙，令人驚豔，渲染出環境的淒清幽冷。「江上秋風」繼續承接首句，借景抒情，體會水動風涼的溫度，「動」字一語雙關，既有秋風襲來風吹水動之感，更有撥動在外遊子心神淒清之意，於是詩人直抒胸臆，表達出自己內心深處的思鄉感受。

　　後兩句轉而描寫兒童夜捉蟋蟀的鏡頭，用他們高昂的興致，巧妙地反襯詩人落寞的心情，更顯客居他鄉的孤寂無奈。「知有兒童挑促織，夜深籬落一燈明」是倒裝句，按意思順序應該前後互移。夜已深沉，詩人思緒紛繁難以入睡，轉身步出戶外，看到暗夜中「籬落」處的一盞燈光，有孩子此刻正在興致勃勃地撥弄蟋蟀，玩得很開心。這種手法猶如電影中的蒙太奇，產生三種效果，其一，從專注嬉戲的「兒童」身上閃回到自己童年生活的片段，勾起詩人對童年生活的回憶；其二，已值深秋，最疼愛、最掛念的是自己的孩子，眼中所見實為心中所想，即寫「所見」而不一定真有「所見」；其三，對於小孩來說，他們還不懂得什麼是憂愁，這種無憂無慮、活潑天真的舉動，與詩人

的悵然情懷和愁緒縈繞形成鮮明對比。全詩詞簡意深，景象鮮明，耐人咀嚼。

📖 **拓展** ∙∙

在中國古代甲骨文、金文中＿＿＿＿＿這個字正是蟋蟀的象形。晉人崔豹的《古今注》中有「謂其聲如急織也」，形容蟋蟀鳴唱如織布機的聲音時高時低，彷彿是在催促織女飛梭速織，故稱之為「促織」。中國蟋蟀文化，歷史悠久，源遠流長，鬥蟋蟀始於唐代，盛行於宋代，每年秋末流行於全國多數地區。

A.「鬥」　B.「勝」　C.「秋」　D.「比」

═══ 廿六 ═══

醜奴兒·書博山①道中壁

[南宋]辛棄疾

少年不識愁滋味，愛上層樓②。愛上層樓，為賦新詞③強④說愁。

而今識盡⑤愁滋味，欲說還休⑥。欲說還休，卻道天涼好個秋。

📖 注釋

①博山：在今江西省上饒市廣豐區內。②層樓：高樓。③
為賦新詞：為了寫出新詞。④強（ㄑㄧㅊˇ）：竭力，極力。⑤
識盡：嚐夠，深深懂得。⑥休：停止。

📖 譯文

在年少時不知道憂愁的滋味，我喜歡登上高樓。

喜歡在高樓找愁，為寫首新詞無愁而竭力說愁。

如今深深懂得了憂愁的滋味，想說卻說不出了。

想說愁而又不說，卻說天氣涼爽好一個秋天啊！

📖 賞析

由於辛棄疾的抗金主張與當政的主和派政見不合，屢遭彈
劾。他退隱江西期間，常到博山一帶遊覽，眼看山河岌岌可
危，風雨飄搖，自己卻無能為力，一腔愁緒無法排遣，遂在博
山道中一壁上題寫了這首詞。詞人看淡世事滄桑，內心安然無
恙，詞中濃愁淡寫，重語輕說，寓激情於婉約之中，耐人尋味。

上闋表達詞人年少不諳世事，無愁找愁。首句「少年不識愁
滋味」，寫出少年時風華正茂，樂觀自信，不知「愁」為何物，
「為賦新詞強說愁」是詞人在少年時期為了抒發一點所謂「愁
情」，登樓遠眺，無愁找愁。這兩句話中使用一組疊句，兩個

「愛上層樓」既是因果關係，也是遞進關係，將少年時期「不識愁」的這一思想表達得十分完整。

下闋寫年長後隨著閱歷增加，欲說還休，今昔對比，含蓄而又分明。「而今識盡愁滋味」的「識盡」是極有力的概括，它包含著詞人許多複雜的感受。詞人如今涉世已深又飽經憂患，不僅報國無門，而且被彈劾閒居，對「愁」字有了真切的體驗。「欲說還休」這兩句話中也使用一組疊句，在結構上與上闋呼應，在含義上又引出下句，用法頗為巧妙。「卻道天涼好個秋」充分表達了詞人「愁」得深沉，「愁」得博大。其實「卻道」也是一種「強說」，故意說得輕鬆灑脫，詞人胸中燃燒著炎炎的烈火，表面上卻必須裝扮成一個淡泊冷靜、不關心時局的人，將烈士暮年之感恰好寫為長短句，詞人心中的愁悶痛楚歷歷可見。

📖 拓展

辛棄疾，武能驍勇善戰，文能妙筆生花，陸游曾說：「汝果欲學詩，工夫在詩外」，辛棄疾無疑是最典型的榜樣。西元 1207 年，金軍勢如破竹，宋寧宗終於啟用辛棄疾，馬上召他回朝出兵。但辛棄疾此時已病重在床，臨終之際，還在喊著：「殺賊！殺賊！」。西元 1208 年，南宋訂立屈辱的_____。陸游聽到這些不幸的訊息，悲痛萬分，憂憤成疾，西元 1210 年初，陸游與世長辭，臨終之際，陸游留下絕筆〈示兒〉。

A. 隆興和議　B. 紹興和議　C. 咸寧和議　D. 嘉定和議

廿七

寒菊

[南宋]鄭思肖

花開不併^①百花叢，獨立疏籬^②趣未窮^③。
寧可枝頭抱香死^④，何曾^⑤吹落北風中！

📖 注釋

①不併：不合、不靠在一起。②疏籬：稀疏的籬笆。③未窮：無窮無盡。④抱香死：菊花凋謝後不落，枯萎後仍繫在枝頭。⑤何曾：哪曾，不曾。

📖 譯文

菊花從不與百花開在一起，挺立在稀疏的籬笆旁趣味無窮。

寧可在枝頭懷抱清香死去，也絕不會吹落於凜冽的北風中！

📖 賞析

菊花因陶淵明一句「採菊東籬下，悠然見南山」而被後人奉為花神。這首自題〈寒菊〉的題畫詩，又名〈畫菊〉，與一般讚頌菊花不俗不豔不媚不屈的詩歌不同，詩人託物言志，深深隱含了他的人生遭際和理想追求。詩中句句緊扣寒菊的自然物性來

寫，這些自然物性又處處關合，集中表現了鄭思肖的思想品格。

首句描寫花開時節，已經是瑟瑟秋風發起的時候了，百花凋謝，唯有菊花挺立在凌厲的風霜之中，不與百花爭妍鬥豔。第二句稀疏的籬笆更顯得環境之蕭瑟清冷，即使如此，宛如不隨俗、不媚世的高士。這裡的「趣」，既指菊花的傲風、傲骨、獨自綻放的自然之趣，也是詩人融入菊花形象中的高潔堅貞之意。

後兩句承接前兩句的畫理，用隱喻的方法表達詩人高潔之志和高尚情操。「寧可枝頭抱香死」化用南宋朱淑真〈黃花〉中「寧可抱香枝上老，不隨黃葉舞秋風」一句，「抱香死」顯得更加痛切悲壯、語氣磅礴、義無反顧，也喻指自己「寧為玉碎，不為瓦全」的凜然正氣和高尚貞潔的民族情操。「何曾吹落北風中」語氣堅決，顯示絕不會被北風吹落於泥土的高潔之志。這兩句進一步描繪了傲骨凌霜，孤傲絕俗的菊花，表示自己堅守高尚節操，忠於故國的誓言。

鄭思肖的詩多以懷念故國為主題，南宋滅亡後，自稱「孤臣」，表現忠於趙宋王朝的堅貞氣節。這首詩傾注了他的血淚和生命，其堅守節操、心憂天下之精神難能可貴，讀之不禁令人淚下！

📖 拓展

鄭思肖是南宋著名詩人、畫家,少時秉承父學,明忠孝廉義。其一生孤憤忠君,特立獨行,把僅有的一點家產捐給寺院,並接濟窮困的鄉鄰。自 35 歲便離家出走,從此浪跡於吳中名山、道觀、禪院,_____40 年間寫下大量抒發愛國情操的詩文,著有《心史》一書。〈寒菊〉「寧可枝頭抱香死,何曾吹落北風中!」集中表現了鄭思肖反抗的思想品格和胸襟。

A. 金朝統治　B. 北宋統治　C. 蒙古統治　D. 南宋統治

═══ 廿八 ═══

潼關

[清]譚嗣同

終古①高雲簇②此城,秋風吹散馬蹄聲。
河流③大野④猶嫌束⑤,山入潼關不解平⑥。

📖 注釋

①終古:久遠,自古以來。②簇(ちㄨˋ):叢聚。③河流:指黃河。④大野:廣大的原野、田野。⑤束:拘束。⑥不解平:不懂,不理解什麼是平坦。

📖 譯文

自古至今高高的雲團簇擁著這座城，秋風陣陣吹散了清脆的馬蹄聲。

黃河流入廣闊的原野仍然感到拘束，山脈進入潼關後不知何謂平坦。

📖 賞析

此詩是詩人在西元 1882 年從瀏陽前往其父親任職地甘肅蘭州途經潼關時所作。潼關一帶山河的雄偉壯闊，令其為之所嘆，此後在西元 1884 年，譚嗣同又遊歷今河北、甘肅、新疆、陝西、河南、湖北、江西、江蘇、安徽、浙江、山東、山西等地，觀察風土，結交名士，對其氣勢雄渾、風格豪邁、境界恢宏的詩風造成了巨大影響。

首句寫遙望潼關一帶的恢宏景象。潼關在今陝西省潼關縣北，北臨黃河，南踞山脈，地理位置十分險要，為漢末以來東入中原和西進關中、西域的必經之地及關防要隘，故詩人言「終古」。「簇此城」也說明潼關歷來為兵家必爭之地。次句明確詩人旅程時間。「秋風吹散馬蹄聲」猶如納蘭性德〈浣溪沙〉中的「北風吹斷馬嘶聲」。經此地時，馬蹄聲都能被秋風吹散，突顯地勢高，風勢大，透露出蕭瑟秋風的淒涼之景。

三、四句寫黃河浩浩蕩蕩以及潼關境域內的山巒起伏。「河

流大野猶嫌束」是說黃河在廣闊的原野上奔流，仍感覺受到約束，表現黃河之水滾滾奔騰的宏大氣勢，也映襯詩人心中期望能在壯闊的天地間策馬馳騁的人生理想。「山入潼關不解平」是說潼關以西，山連著山，山巒起伏，不知什麼叫平坦，表現祖國大好河山雄偉的氣勢，也寄託了詩人遠大的政治理想和抱負。「嫌」和「解」兩個字，運用擬人的修辭手法，將「河」與「山」之景融入新奇的姿態，反映詩人追求衝破約束的奔放情懷，比擬更高山峰的心理狀態。

全詩豪邁奔放，情景結合，奮發昂揚，豪情奔放。

📖 拓展

「一夫當關，萬夫莫開」，「關」是人們為了守衛一方平安，在險要地勢和交通要道上的防禦設施。自古以來，中華大地上的各「關」有極其重要的策略地位，_____在歷史上都留下了濃墨重彩的一筆。據《山海關志》記載：「畿內之險，唯與山海關為首稱。」

A. 嘉峪關　B. 潼關　C. 雁門關　D. 武勝關

═══ 廿九 ═══

題秋江獨釣圖

[清] 王士禎

一蓑①一笠②一扁舟③，一丈絲綸④一寸鉤。

一曲高歌一樽⑤酒，一人獨釣一江秋。

📖 注釋

①蓑：用草或棕編成的雨衣。②笠：用竹篾或棕皮編制的遮陽擋雨的帽子。③扁（ㄆㄧㄢ）舟：小船。④絲綸：粗於絲者為綸，即釣絲。⑤樽（ㄗㄨㄣ）：古代盛酒的器具。

📖 譯文

漁人頭戴斗笠身披蓑衣坐在小船上，用魚線和魚鉤釣魚。

他在秋天的江上一邊唱歌一邊飲酒，獨自垂釣逍遙賞秋。

📖 賞析

這是王士禎應朋友邀請，為一幅古代名畫〈秋江獨釣圖〉所作的題畫詩。這首詩仿照畫中的意境，描寫秋江邊漁人獨釣的逍遙意境。用一件蓑衣、一頂斗笠、一葉輕舟、一支釣竿，垂釣者一面歌唱，一面飲酒，把垂釣的瀟灑樂趣刻劃得活靈活現。

首先，全詩手法特殊，偏重於藝術技巧和對意境的追求。

詩中寥寥幾句就描寫完整個畫面。「一蓑」和「一笠」是釣魚人的外在形象,「扁舟」是釣魚的具體位置,「絲綸」和「鉤」是釣魚人所持之物,圖中看似不可能的飲酒動作和唱歌的聲音,卻在詩人的想像中展現出來。「一曲高歌一樽酒」讓賞畫之人彷彿聽到釣魚人正在放聲歌唱,似乎能感受到畫中人的愜意、舒適。

其次,景物的描寫十分到位。短短二十八個字,把「蓑」、「笠」、「舟」、「絲綸」、「鉤」、「酒」和「秋」七種畫中景物全面而細緻地描寫出來,甚至大小和長度都一一展現,各種景物撲面而來,而且並未造成顧此失彼,將賞畫人的目光一直鎖定在漁人身上,反襯漁人形象的真實性。

最後,詩人運用覆疊,將九個「一」字巧妙地嵌入其中。一首詩中連續出現九個「一」字實屬罕見,而詩中的「一」字卻和諧統一,使得整個畫面相映成趣,結構更加緊湊,意境更加開闊。清朝嘉慶年間詩人陳沆也有一首〈一字詩〉:「一帆一槳一漁舟,一個漁翁一釣鉤。一俯一仰一場笑,一江明月一江秋。」

最後一句也很有深意,漁人釣的是魚還是秋?是瀟灑自在的生活還是無法言說的心情?在詩人看來,這樣的秋江獨釣者才是真正懂得生活樂趣的人。

📖 **拓展** ··

王士禎,原名王士禎,是清代著名詩人、詩詞理論家,他對明清小說、戲曲、民歌等通俗文學給予重要的點評。王士禎曾贈

詩給友人_____「姑妄言之妄聽之，豆棚瓜架雨如絲。料應厭作人間語，愛聽秋墳鬼唱詩」，從藝術精神上給其著作賞析點評。

A. 許仲琳　B. 劉鶚　C. 吳敬梓　D. 蒲松齡

=== 三十 ===

浣溪沙·身向雲山那畔行

[清] 納蘭性德

身向雲山那畔①行，北風吹斷馬嘶聲。深秋遠塞若為②情。

一抹晚煙荒戍壘③，半竿斜日舊關城。古今幽恨④幾時平。

📖 **注釋**

①那畔（ㄆㄢˋ）：那邊。②若為（ㄨㄟˊ）：怎為，怎樣，怎樣的。③戍（ㄕㄨˋ）壘：戍堡，營壘。④幽恨：深藏於心中的怨恨。

📖 **譯文**

一路向北往塞外前行，北風吹斷馬的嘶鳴聲。

深秋時節遠行到邊塞，是怎樣心緒紛亂之情。

廢棄營壘中荒煙飄蕩，舊時關隘上夕陽殘照。

想起古往今來的怨恨，真令人心潮起伏不平。

📖 **賞析** ··

　　納蘭性德原名納蘭成德，中進士後被康熙留在身邊，因康熙賞識其才，不久便晉升為一等侍衛，多次隨康熙出巡。這首詞描繪了深秋遠塞、荒煙夕照的淒涼之景，景中含有雄渾蒼涼的歷史之感，抒發了詞人奉旨出塞的複雜心情。

　　上闋發揮句「身向雲山那畔行」，很像〈長相思〉中的「身向榆關那畔行」。〈長相思〉是西元 1682 年春，納蘭性德隨康熙皇帝出山海關東巡，祭告奉天祖陵時所作，〈浣溪沙〉是同年秋奉旨出使覘（ㄓㄢ）梭龍所作。「北風」言明時節為秋末，北疆秋末的「北風」是何等凜冽，何等強勁，足以將馬的嘶鳴聲「吹斷」，用詞精準，詞人這種描寫狂風的手法非常高妙。北疆場景難免使人頓生悲涼淒冷、心緒紛亂之感，發出「深秋遠塞若為情」的感慨。納蘭生性嚴謹，做事細心，此行冒風頂雪，披星戴月，不遠萬里，考察得到的詳實數據堅定了康熙親征噶爾丹的決心。

　　下闋「一抹晚煙荒戍壘，半竿斜日舊關城」平仄有致，簡潔形象，勾勒出一幅充滿蕭瑟之氣的邊地景象。「晚煙」看似有了人的氣息，可是只有昔日的破舊營壘在那裡，「斜日」為蕭瑟的北疆增添了一線生機，可是這紅日映照的卻是舊時的關城。「一抹」與「半竿」突出生機之稀少，似有似無，似斷似續，今時與昔日強烈對照，碰撞在一起，昭示了邊塞的蕭條之景。整首詞中用「深、遠、晚、荒、舊」一系列形容詞，映襯北疆環境

險惡，詞人前途未卜，心中不由得湧起「古今幽恨幾時平」。懷古之心，戀鄉之情，憂慮之思，令納蘭性德心裡紛紛擾擾難以平靜。

📖 拓展

　　納蘭性德與曹寅均為大內侍衛，從納蘭性德與曹寅的詩文交往中看，這種同事關係還非同一般。＿＿＿＿＿皇帝讀過《紅樓夢》後說：「此蓋為明珠家事作也。」認為納蘭性德父親明珠即賈政，納蘭性德即寶玉。雖是一家之言，不符合《紅樓夢》的創作時代和背景，但從中可見納蘭性德在當時的身世和地位。

　　A. 康熙　　B. 雍正　　C. 乾隆　　D. 道光

桂枝香·金陵懷古

［宋］王安石

登臨送目，正故國晚秋，天氣初肅。

千里澄江似練，翠峰如簇。

歸帆去棹殘陽裡，背西風、酒旗斜矗。

彩舟雲淡，星河鷺起，畫圖難足。

念往昔、繁華競逐，嘆門外樓頭，悲恨相續。

千古憑高對此，謾嗟榮辱。

六朝舊事隨流水，但寒煙衰草凝綠。

至今商女，時時猶唱，後庭遺曲。

雨霖鈴·寒蟬淒切

［宋］柳永

寒蟬淒切，對長亭晚，驟雨初歇。

都門帳飲無緒，留戀處，蘭舟催發。

執手相看淚眼，竟無語凝噎。

念去去，千里煙波，暮靄沉沉楚天闊。

多情自古傷離別，更那堪，冷落清秋節！

今宵酒醒何處？楊柳岸，曉風殘月。

此去經年，應是良辰好景虛設。

便縱有千種風情，更與何人說？

名句摘錄

北方有佳人，絕世而獨立。

—— 李延年〈李延年歌〉

落霞與孤鶩齊飛，秋水共長天一色。

—— 王勃〈滕王閣序〉

今人不見古時月，今月曾經照古人。

—— 李白〈把酒問月〉

瘦馬戀秋草，征人思故鄉。

—— 劉長卿〈代邊將有懷〉

今夜月明人盡望，不知愁思落誰家。

—— 王建〈十五夜望月寄杜郎中〉

在天願作比翼鳥，在地願為連理枝。

—— 白居易〈長恨歌〉

天長地久有時盡，此恨綿綿無絕期。

—— 白居易〈長恨歌〉

衰蘭送客咸陽道，天若有情天亦老。

—— 李賀〈金銅仙人辭漢歌〉

天下三分明月夜，二分無賴是揚州。

　　　　　　　　　　── 徐凝〈憶揚州〉

秋陰不散霜飛晚，留得枯荷聽雨聲。

　　　　　　　　── 李商隱〈宿駱氏亭寄懷崔雍崔袞〉

身無彩鳳雙飛翼，心有靈犀一點通。

　　　　　　　　── 李商隱〈無題·昨夜星辰昨夜風〉

衣帶漸寬終不悔，為伊消得人憔悴。

　　　　　　　　── 柳永〈蝶戀花·佇倚危樓風細細〉

昨夜西風凋碧樹，獨上高樓，望盡天涯路。

　　　　　　　　── 晏殊〈蝶戀花·檻菊愁煙蘭泣露〉

年年陌上生秋草，日日樓中到夕陽。

　　　　　　　　── 晏幾道〈鷓鴣天·醉拍春衫惜舊香〉

一點浩然氣，千里快哉風。

　　　　　　── 蘇軾〈水調歌頭·黃州快哉亭贈張偓佺〉

世事一場大夢，人生幾度秋涼？

　　　　　　　　── 蘇軾〈西江月·世事一場大夢〉

日日思君不見君，共飲長江水。

　　　　　　　　── 李之儀〈卜運算元·我住長江頭〉

一聲梧葉一聲秋，一點芭蕉一點愁。

　　　　　　　　── 徐再思〈水仙子·夜雨〉

殫竭心力終為子，可憐天下父母心！

—— 慈禧〈祝母壽詩〉

名句摘錄

拓展答案

七月·孟秋	答案	八月·仲秋	答案	九月·季秋	答案
初一	A	初一	A	初一	A
初二	A	初二	A	初二	C
初三	B	初三	B	初三	A
初四	B	初四	D	初四	B
立秋	D	白露	C	寒露	A
初六	A	初六	B	初六	D
七夕	C	初七	A	初七	A
初八	B	初八	A	初八	A
初九	C	初九	C	重陽	D
初十	D	初十	D	初十	D
十一	B	十一	B	十一	A
十二	C	十二	B	十二	C
十三	B	十三	B	十三	C
十四	D	十四	D	十四	D
十五	C	中秋	D	十五	C
十六	B	十六	A	十六	A
十七	B	十七	B	十七	D

七月·孟秋	答案	八月·仲秋	答案	九月·季秋	答案
十八	C	十八	D	十八	A
十九	A	十九	C	十九	A
處暑	C	秋分	B	霜降	B
廿一	C	廿一	A	廿一	D
廿二	B	廿二	C	廿二	B
廿三	C	廿三	C	廿三	A
廿四	A	廿四	D	廿四	C
廿五	D	廿五	A	廿五	C
廿六	D	廿六	A	廿六	D
廿七	B	廿七	D	廿七	C
廿八	D	廿八	C	廿八	B
廿九	B	廿九	D	廿九	D
三十	A	三十	D	三十	C

電子書購買

爽讀 APP

國家圖書館出版品預行編目資料

一日一首古詩詞・秋：秋韻悠長，品味詩詞中的孤寂與蕭瑟 / 陳光遠，陳秉志 著 . -- 第一版 . -- 臺北市：崧燁文化事業有限公司 , 2024.06
面； 公分
POD 版
ISBN 978-626-394-436-7(平裝)
831　　　113008233

一日一首古詩詞・秋：秋韻悠長，品味詩詞中的孤寂與蕭瑟

臉書

作　　　者：陳光遠，陳秉志

發 行 人：黃振庭

出 版 者：崧燁文化事業有限公司

發 行 者：崧燁文化事業有限公司

E - m a i l：sonbookservice@gmail.com

粉 絲 頁：https://www.facebook.com/sonbookss/

網　　　址：https://sonbook.net/

地　　　址：台北市中正區重慶南路一段 61 號 8 樓
Rm. 815, 8F., No.61, Sec. 1, Chongqing S. Rd., Zhongzheng Dist., Taipei City 100, Taiwan

電　　　話：(02) 2370-3310　　　傳　　真：(02) 2388-1990

印　　　刷：京峯數位服務有限公司

律師顧問：廣華律師事務所 張珮琦律師

定　　　價：350 元

發行日期：2024 年 06 月第一版

◎本書以 POD 印製